停在三樓

三階に止まる

石持淺海

鄭舜瓏　譯

目錄

出版緣起

駭High，在推理的迷宮中

編輯部

推理小說到底有什麼魅惑之力，能夠讓世界上無數的熱愛者爲之痴狂？是鬥智、解謎的樂趣？是抽絲剝繭，終於揭露眞相時豁然開朗的暢快？是驚嘆於陽光之外人性潛伏的深沉危機與社會百態的詭譎複雜？還是感佩於作家布局的巧思或高超的說故事功力？

好的小說只有一個評斷標準——好不好看（用文言一點的說法是「引人入勝」）。有的小說好看得讓人不忍釋卷，廢寢忘食，非一口氣讀完不可；有的則是讓人捨不得立刻讀完，寧可一個字一個字細細地咀嚼品味。

好的推理小說更是如此。

在台灣，歐美推理和日本推理各擅勝場，各有忠實的讀者群。推理小說是日本大眾文學的兩大顯學之一，也可說是日本大眾文學極致發展最具代表性的成熟類型閱讀，不但各大出版社都闢有「Mystery」系列，培養出眾多匠心獨運、各領風騷，甚或年年高踞納稅排行榜前茅的大師級作者，如松本清張、橫溝正史，赤川次郎、西村京太郎、宮部美幸、東野圭吾、小野不由美等，創作出各種雄奇偉壯、趣味橫生、令人戰慄驚嘆、拍案叫絕、甚或影響深遠的傑作；同時也一代又一代地開發出無數緊緊追隨、不離不棄的忠實讀者。而台灣，在日本知名動漫畫、電視劇及電影的推波助瀾下，也有愈來愈多人愛上日本推理小說的明快節奏與豐富的情報功能，閱讀日本小說的熱潮儼然成形。

二〇〇四年伊始，商周出版（獨步文化前身）推出「日本推理名家傑作選」系列以饗讀者，不但引介的作家、選入的作品均爲一時精粹，更堅持以超強的譯者及顧問群陣容，給您最精確流暢、最完整的中文譯本與名家導讀，眞正享受閱讀推理小說的無上樂趣。

如果，您是個不折不扣的推理迷，歡迎進入更豐富多元的日本推理迷宮；如果，您還是推理世界的新手讀者，正好奇地窺伺門內的廣袤世界，就讓「日本推理名家傑作選」引領您推開推理迷宮的大門，一探究竟。從一根毛髮、一個手上的繭、一張紙片，去掀開一個角，去探尋、挖掘、對照、破解，進到一個挑逗您神經與腎上腺素的玄奇瑰麗世界！

空中鳥籠

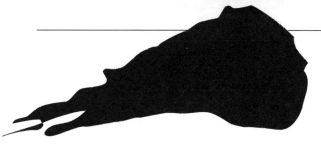

「歡迎光臨！」

工讀生充滿朝氣地說完，這句話接著關上門，從外面上鎖。

車廂緩緩上升。摩天輪和雲霄飛車不同，不是「一、二、三，出發！」的遊樂設施。它緩慢地持續運轉，不論客人上不上門，它總是無動於衷地逕自轉圈，十分孤傲。我們只是來這裡陪它轉一圈，待會兒就會離開。

坐在我對面的志穗，噗哧笑了一下。

「怎麼了？」

聽到我這麼問，志穗眼睛瞇成兩道月牙。

「感覺好像在約會。」

我也笑了。

「是在約會啊。」

「是啊。」志穗環視車廂，「男女一起來坐摩天輪，除了約會沒有其他可能吧？」

她頓時收起笑容，瞪著我問：

「那你幹嘛突然約我來坐摩天輪？」

「我之前就約過妳好多次了。」

「那是去喝酒，不一樣。」

志穗說的沒錯。她是我多年好友，但我們的交情僅止於一起吃吃喝喝。我的確沒邀過她去美術館或遊樂園這類華麗的地點，所以這次的約會確實是一次重大突破，志穗覺得奇怪也是理所當然。

我伸長脖子越過志穗的頭往窗外看，我們目前的高度還很低，還可以看到前面一輛車廂。今天晴空萬里，秋天的陽光灑落在前一台車廂內，隱約可以看到一對年輕男女的身影，是一對比我們年輕十歲左右的情侶。不用說，他們正在甜蜜地約會。

我移回視線。

「我倒是覺得和去喝酒沒什麼差別。如果去遊樂園的話另當別論，這裡只是百貨公司的屋頂啊。」

沒錯，這裡是某間位於市中心的百貨公司。不知道是百貨公司裡的誰一時興起，就這麼唐突地在這裡蓋了一座摩天輪。一開始看到它時，覺得有些突兀，不過聽說這座摩天輪還頗受歡迎，一些情侶或家庭來這裡購物時都會順道坐一下。說它完全融入這座城市一點也不爲過，只是身爲當地人的我卻一次也沒搭過。

志穗苦笑說：

「也是，要講沒差，的確是沒差。不過你特地選在這裡，應該是有什麼用意吧？」

「有啊。」

我老實招認，又把視線移向窗外，盡量故作輕鬆地說，「我打算向妳求婚。」

志穗的表情僵住了。

「……什麼?」

「求婚。」

我用同樣的語氣重複,「很奇怪嗎?」

志穗眨眨眼。

「不是奇不奇怪的問題,只是我們根本連男女朋友——」

「也稱不上,我知道。」我順著她的話接下去,「別說男女朋友,我們今天還是第一次一起坐摩天輪。」

「既然這樣,爲什麼……」

「因爲我有預感,我們會很合得來。與其說是預感,不如說是我眞的這麼相信。」

「——這樣啊。」

志穗像從最初的驚嚇回過神來似的,恢復理性的表情,蹙起眉頭的同時,擠出了微笑說:

「說不定眞的很合得來。每次和你在一起的時候,我都覺得很放鬆,完全不會緊張好像就算現在一起回到同一個家,一起生活,也不奇怪。如果不把結婚看成對永恆愛情發誓的儀式,而是組織家庭的一種手段的話,你是很好的選擇;可是我不開心。」

「不開心?」

我反問。志穗眉頭更加深鎖。

「我是說你的表情。」

「表情?」

「對。」她伸出食指對著我,「這種時候,你應該要很緊張,像鼓起人生最大的勇氣豁出去一樣,還要有那種既期待又怕受傷害的忐忑不安才對。但你現在的表情好像是『唉,眞不想說,但沒辦法,不說不行。』就像醫生對病人宣布癌症一樣。」

「……」

這下換我無言以對了,我眞的露出了這種表情嗎?

其實她說的沒錯。我接下來要說的事,的確很難開口,和醫生對病人宣布癌症的心情差不多。

「我剛才求婚的事,是認眞的。」

我很快重整旗鼓,正色回答她,「不過還只是『打算』而已,並不是眞的對妳求婚。」

她嗤笑了一下,「你還是老樣子,什麼事都要按部就班。」

「眞抱歉。」我又忍不住說,「我不是因爲快三十歲了,所以急著結婚,也不認爲妳會急著想嫁掉,只是覺得好像時候到了。」

「時候到了!就這樣!」

她的語氣充滿訝異。我不理她,逕自繼續說:

「可是在求婚之前，必須先釐清一個問題。今天約妳出來，與其說是要向妳求婚，不如說是想把這個問題講清楚。」

「問題？」

志穗歪了歪頭，卻沒有露出不知我在說什麼的單純表情，反而像是「我大概知道你要說什麼，但想聽你親口說出來。」

當然，我並不猶豫。我已經做好覺悟，既然決定要講出來，就算不想講也得講。

「是高井的事。」

我開門見山地說。志穗閉上眼，深深嘆了口氣，氣息中帶著責備，彷彿是說「你終究還是說出來了。」即使如此，我仍要繼續說。

「在高井的事情沒有釐清之前，我們沒有辦法更進一步。」

志穗緩緩睜開眼。

「有什麼好釐清的，那個事件早就——」

「解決了。」我打斷她的話，「就世俗的角度來說，確實是解決了。殺死高井的凶手被逮捕，法院也做出判決，那人應該還在坐牢吧；但這不是重點。」

我環顧車廂內部，就像志穗剛才做的那樣。

「這座摩天輪轉一圈好像要十五分鐘吧。」

我又將視線移回到志穗身上。

「我想利用這十五分鐘了解妳在那件事後，一直抱著什麼樣的心情。」

「事情發生在三年級的冬天。」

我先起頭。

前一台車廂已經看不見了。我們此時所在的狹小空間正緩緩移動。以時針來說，就是從六點往八點的方向移動，大概前進了六分之一。

志穗一語不發地盯著我看。聽到我突然說起往事，她並沒有起疑，但她的表情也看不出有絲毫不安。

「我和妳還有高井在大學時加入羽毛球同好會。妳是初學者。我和高井從高中就參加羽球社，因爲受不了練習太嚴格，所以上大學後決定不再參加體育社團，選擇了比較輕鬆的同好會。因爲這個緣分，我和高井才有機會接近妳，教妳基本技巧。」

「對。」志穗平靜地附和，「是這樣沒錯。」

她的語氣彷彿在說——建立室町幕府的將軍是足利尊氏。我淡淡地繼續說：

「我們和高中時期的朋友都沒有聯絡。在新的生活環境中，選擇和身邊較親近的人交往是很自然的事，所以妳和高井開始交往。」

「這個說法會讓人產生誤會。」

志穗打斷我說：

「好像我從高井和你之間挑一個似的。因爲你當時跟小和交往啊，我打從一開始就把你排除在交往對象之外了。」

「沒錯。」

我坦率地承認。小和是我進大學後，在打工地點認識的女朋友，她是別所大學的學生。就像高井和志穗，我也是在新環境中和一開始認識的女生交往。很遺憾，在發生那件事之前，我跟小和就因爲一點小爭執分手了。

「總之，我們三人的感情很好。那時我們都還是學生，雖然沒錢，但在物價不高的鄉下城鎮，只要努力打工，偶爾吃喝玩樂不成問題。所以我覺得那段學生生活，過得還滿充實的。」

「直到二年級爲止，對吧。」

志穗補了一句。我點點頭。

「沒錯，自從升上三年級，高井進研究室之後，一切都不一樣了。高井莫名其妙地被同研究室的一個研究生給喜歡上了。那個女生當時是碩一，所以比他大兩歲，聽說是位美女。」

我說『聽說』是因爲事情發生之前，我從未見過那位研究生。即使事情發生後，我仍未見過她本人。第一次看到她的長相，是在電視新聞上。那張照片很像高中畢業照，應該是電視台想辦法弄到手的。她確實長得端正秀麗。我透過新聞畫面看到的，是一個留著娃娃頭的女高中生，感覺十分乖巧，至少看來不像會做出那種事的人。

「我進的研究室已經不算輕鬆了，但高井的研究室更是出了名得忙碌。除了打工（那傢伙在酒吧當酒保）的日子之外，他幾乎每天都躲在研究室直到深夜。他曾向我訴苦，說只有周末可以和妳見面，對妳很過意不去。」

「他對你訴苦？」

志穗冷冷地說，「他只對我說了一句『抱歉』大概覺得不在女生面前示弱，比較有男子氣概吧。」

「沒錯。」我毫不遲疑地回答，一方面替高井傳達他的心情，一方面表明自己的想法。志穗回我一抹苦笑。

「算了，反正這又不是重點。總之，長時間待在研究室就意味著，長時間和那個大他兩歲的美女在一起，對吧。」

「就是這樣。」

我表示認同，同時對她感到非常抱歉，因爲我正逼著她回想人生中最不願想起的回憶。但我不能直接對志穗說我很抱歉，因爲這樣一來，不就表示我在示弱了嗎？所以我刻意用平板的語氣表達肯定。

「我不想用『妳看上的人不會太差』這種說法，不過高井確實長得很帥，而且聰明又勤快，進到研究室後，會受到教授和學長姊的喜愛也是當然。當然包括那位美女，剛好她那時又沒有男朋友，於是那位學姊開始猛烈追求高井。」

「很好啊，被美女看上不是好事一樁嗎？」

志穗的語氣聽起來像在評論和自己無關的事一般。雖然是自己的另一半，但嚴格說起來，確實是和自己無關。我和志穗都是那間研究室的外人，從沒親眼看見那個美女對高井窮追不捨的模樣。我現在說的和志穗聽過的這些情報，幾乎都是根據傳聞和新聞報導拼湊得來。

雖說如此，我說的這些事絕非隨口瞎扯，大學最要好的朋友遭到殺害，讓我大受打擊。我想要徹底弄清楚到底發生什麼事，所以才積極展開調查。蒐集和分析情報是我最擅長的事。只要將各方情報互相對照，最後就可以拼湊出十分接近事實的眞相，但我並不因此感到開心。

「學姊倒不是光明正大地追求高井。不知道她是性格所致，或是身爲學姊的立場讓她有所顧慮，她會故意製造各種機會讓高井採取主動。根據研究室的其他成員證實，她是個很會算計的人。具體來說，她會有意無意地坐在高井旁邊，然後不經意碰觸高井的身體。或者以害怕夜路危險爲由，央求高井騎車載她回家。不然就是把手疊在高井握著滑鼠的手上之類的，據說這些都是家常便飯。」

志穗笑了出來，笑聲聽起來帶著嘲諷。現在的志穗已經比當時的學姊大上很多，當然會對這種小女生的誘惑手法感到失笑。

「不過高井並沒有上鉤。畢竟他已經不是會對年長女性產生憧憬的中學生了，而是二十多歲有公開女友的大男人，當然不會被眼前的美色所迷惑。然而就是因爲這樣才更麻煩。他知道自己不能受誘惑，卻又不能不顧及學姊的面子。兩人都待在同一間研究室，如果高井直接拒絕她，會把研究室的氣氛弄僵，自己也很難再待下去。那傢伙能做的，就是假裝自己是個沒察覺女生誘惑的遲鈍男人。我有一個朋友剛好在他們隔壁研究室，據他說，旁人一眼就看得出來，高井老是爲了應付學姊傷腦筋。」

「這是眞的。」

志穗恢復平常的神情說，「高井沒有親口跟我說過那個學姊的事。不過這世界上就是有愛管閒事的人，還特地來跟我說他受到美女誘惑，而且覺得很困擾。」

我努力不動聲色。原來如此，志穗間接知道高井的煩惱。

「剛才我說高井不受誘惑說得好像很理所當然，但實際上受不了誘惑上鉤的例子還比較多。像助教和研究生結婚的情況，大抵都是橫刀奪愛的情節。高井沒有上鉤，我猜是因爲他不喜歡那種靠將女人味當成武器的女性。不知道在女性面前講這種事好不好，我們男人就算遇到再漂亮的女生自動送上門來，只要讓男人產生『這人眞麻煩』的想法，一定會想辦法逃開。」

志穗皺著眉頭笑了笑。

「好吧，我相信你。」

她是不是想起我打算求婚這件事？我只簡短回答一聲「謝謝。」便繼續說：

「總之高井做了正確的判斷，採取正確的行動，但對方可不這麼想。無論自己怎麼誘惑，學弟就是不上勾，讓她很焦急。其實學姊和高井的立場一樣。如果和高井撕破臉，鬧上檯面，她也無法繼續待在那間研究室。那間研究室的教授在學會擁有很強的影響力，她很清楚即使轉去其他大學，往後的研究活動也一定會受到阻礙。因此學姊的行動也不敢太過張揚，只能採取一貫的手段，頂多稍微增加強度而已。高井一直想逃開，而學姊一直在後面追，表面上風平浪靜，兩人內心卻是緊繃到不行。」

志穗抓抓頭。

「感覺旁邊的人也會被他們搞得很累。」

「事實上眞的很累。事情發生後，研究室的人曾經提出證詞。他們說教授只對研究感興趣，所以沒發現高井和學姊的關係。但副教授、助教還有其他研究生都知道這件事，也知道高井有妳這麼一個女朋友。他們當然沒有當面大吵，學姊也沒有做出太誇張的事情——像是當眾擁抱高井之類的——所以他們也無從抱怨起，但那種氣氛光想像就令人覺得神經緊繃。」

我們兩人同時垮下嘴角。那種狀況確實不難想像，而且光是想像就讓人起雞皮疙瘩。我最要好的朋友、志穗的男友就曾經身處那種狀況中。

「要擺脫這種狀況，只能其中一個人離開研究室。他們相差兩歲，所以高井大學畢業時，學姊剛好念完碩士。不過高井打算念研究所，如果他繼續待在這間研究室，學姊又接著念博士的話，他們最少還得忍耐兩年。要是高井選擇其他研究所，就意味著要離開這裡。雖然東京、大阪有很多選擇，但鄉下地方就沒辦法了。他怕以後和妳見面的機會變少，總不能爲了躲避某個死命追求自己的女生，結果選擇和正在交往的女友分手吧，這樣根本是本末倒置。」

「難道你認爲遠距離戀愛就等於分手？」

面對志穗的詢問，我輕輕點頭。

「類似的例子多到數不清，事實勝於雄辯。」

志穗的竊笑聲在車廂中迴盪。

「好吧，這種一根腸子通到底的個性應該算是你的魅力。總之，你說高井覺得很爲難。」

「是的。他當然還有另外一個選擇，那就是不念研究所，畢業後直接找工作。他可以和妳一起在當地找工作，學姊以後人生的道路要怎麼走都與他無關，這樣就逃得掉了。這個方法是不錯，可是難道爲了躲避別人的騷擾行爲，就非得放棄自己想要的未來？這種事對一個對未來懷抱夢想的年輕人來說，實在難以接受。尤其是讀理工的，大學畢業和研究所畢業之後，可以進去的公司和職別等級差很多。」

我皺著臉，一副很爲難的樣子。我這不是示弱，而是演戲。

「高井把他無法對妳說的事，全都向我傾訴。包括剛才說的未來規劃，也是他親口告訴我的。高井其實很掙扎，他決定走一步算一步，所以三年級一整年才會這麼忙碌。那年秋天，他開始參加就職說明會，同時也準備考研究所。他們研究室的功課已經夠繁重了，他還得一支蠟燭兩頭燒，聽說他後來受不了，直接找副教授談判。高井暗示老師應該監督學姊的行爲，而自己陷入這種困擾是老師的責任。談判過後，副教授表示理解他的想法，允許他參加就職活動。」

與其說是商量，不如說是威脅，總之高井在那個階段，算是達到目的了。

「高井不希望惹出風波，所以沒告訴研究室的人自己去參加就職說明會的事。然而就像妳說的，這世界上到處都有愛管閒事的人。有人去跟學姊打小報告，說高井正在找工作，打算離開研究室。可想而知學姊一定很著急，因爲高井不是本地人，所以畢業之後離開這裡的可能性很高。大概因爲這樣，她決定採取更積極的行動，把原本只用在研究室的誘惑手段，拿到外面去用。學姊直接殺去高井打工的地方。」

「酒吧？」

「沒錯。她知道高井固定哪一天不在研究室，然後再跟愛管閒事的人問出高井打工的地點，學姊接著前往高井工作的酒吧。只要以客人的身分進去，高井就無法拒絕見她。她坐在吧檯前的高腳椅，和高井面對面。」

我把話打住，環顧車廂。

「你看我們現在坐的這台摩天輪。這是娛樂設施，所以大家都是出於自己的意志花錢來搭，但如果是相反的情況呢？」

「相反？」

志穗歪了歪頭，我點點頭。

「對，你看這個車廂，因爲怕客人不小心打開門掉下去，所以設計成從外面上鎖。假設有一個懼高症患者，因爲某些原因坐上了這種車廂，他一定要等到摩天輪繞完一圈後才能走出來。這十五分鐘內，不管他怎麼大哭大喊，也只能不停地發抖，就像一個俘虜被關在浮在空中的鳥籠。」

「……」

志穗眨眨眼，表示理解我的意思，我也以眼神回應她。

「當時的高井就處於那樣的狀態。他人在吧檯裡面，學姊則從外側上鎖。麻煩的人找上門來，但又不可能當場拔腿就跑，他面前的那個人可是客人，不能不招呼。高井被迫坐上摩天輪，一個人在搖搖晃晃的鳥籠裡不停發抖。」

「簡直就像拷問。」

明明就快逼近最核心的話題，但志穗卻顯得異常冷靜。大概是事情過了那麼多年，她能夠客觀地看待這件事。還是說……

「上酒吧的樂趣之一就是和酒保聊天。假使還有其他客人在，霸佔著酒保可能會引人非議，但偶爾交談個兩三句話則不成問題。那天晚上，店裡除了學姊之外，還有兩名一同前來的上班族。根據他們的證詞，他們那天聊上司壞話聊得忘我，沒注意到高井和學姊的互動。學姊成功霸佔了高井。她一邊喝著螺絲起子，一邊和吧檯後面的酒保有一搭沒一搭地聊天。」

我再度看向窗外。幸好我沒有懼高症，車廂已經升到很高的地方，但似乎還沒到達頂點。

「坐摩天輪只要十五分鐘就結束了，但在酒吧工作，直到營業時間結束之前，都不能趕客人走。學姊一直不離開，所以高井心生一計。學姊點的調酒是螺絲起子。妳應該知道這種酒，就是在伏特加中加入柳橙汁，所以調酒的人可以利用伏特加的量自由調整酒精濃度，而且幾乎喝不出來有什麼差別。所以有的男人會和酒保串通好，故意給某個女性喝比較烈的螺絲起子，再趁對方喝醉時做壞事。」

「聽你這麼說，」志穗突然岔開話題，「我才發現你約我去喝那麼多次酒，從來沒有慫恿我點螺絲起子。」

「因爲我對妳沒有邪念啊。」

「眞是遺憾，明明是個好女人吶。」

我們兩人同時竊笑。

「那下次一起去喝酒的時候，我會慫恿妳的。總之，高井沒辦法請學姊先回去，所以只好想辦法把她灌醉，先求突破眼前的難關。他想，等學姊喝醉，再叫計程車送她回去就好。既然高井以前曾被學姊要求騎車載她回去，自然知道學姊的住處。高井開始殷勤勸酒，炒熱氣氛，希望學姊早點淪陷。那傢伙使盡渾身解數灌學姊酒，但沒想到他判斷錯誤。不知道是不是那家店的伏特加特別烈，學姊喝到爛醉如泥。而且她沒有趴在吧檯上睡覺，而是說她想吐。」

別人怎麼樣我不知道，至少對我來說，絕對不會採取靠螺絲起子灌醉女性再趁機做壞事的伎倆。要是不小心灌太多，女生在喝到爛醉之前嘔吐的話，根本是破壞氣氛。當時學姊就陷入這種狀況。

「那時，那兩名上班族已經回去了，整間店的客人只剩學姊一人。總不能要老闆服侍醉客吧，於是高井只好扶著快吐出來的學姊去廁所。事情就是從這裡開始。大概是酒醉之後，長久以來累積的鬱悶終於爆發出來，學姊開始大罵高井。高井也是，明明自己一直在忍受對方的騷擾，居然還要被罵，這叫他怎麼受得了。高井忘了自己還在工作，忍不住罵回去。兩人開始吵架，學姊拿起一支放在廁所門口旁的空瓶，往高井頭上敲下。」

志穗閉上雙眼。就算事情過去這麼久了，聽到最可怕的場景，應該還是很難受。

「高井被學姊敲了那麼一下，雖不至死，但力道似乎不小，足以讓他倒地不起，接下來更是慘不忍睹。空瓶破了之後，喝得爛醉的學姊因爲揮舞空瓶的力道過猛，一個踉蹌，眼看就要摔到地上。她握著破空瓶往地面一刺，但她刺到的不是地面，而是高井的脖子。

破空瓶的尖端刺進高井的脖子，成為致命傷。」

我深深嘆口氣。一開始得知高井死訊時的打擊，至今依然印象鮮明，此時重述當時情況，心裡依然難受。

「審理過程中，最大的爭議在於學姊有無殺意。辯護律師認為學姊當時醉得很厲害，再加上凶器並非事先準備，所以主張她沒有殺意。另一方面，檢察官認為學姊過去就有過類似跟蹤狂的騷擾行為，當天晚上又是突然闖入高井打工的地方，主張她有明顯的惡意。判決關鍵是酒吧老闆的證詞。事情發生前，老闆聽到了兩人在爭吵，老闆證實當時學姊口齒很清晰。換句話說，學姊只是假裝喝得爛醉而已。她打算把高井騙進廁所，索求更進一步的關係。除此之外，學姊不只單純拳打腳踢，之後又用破裂的酒瓶再次攻擊，這件事，也造成法官做出對她不利的心證。法官幾乎全面採信檢察官的主張，判決學姊有罪。但由於量刑已經比求刑輕，學姊不再上訴，全案終結，學姊坐牢，從世間的角度來看，整起案件完全落幕。」

「世間的角度，是吧。」

志穗重複了一次，接著問我，「你認為法院判決錯誤嗎？她自己也承認犯案，警察、檢察官、法官都已經查證過了，你還有什麼不滿意的地方？」

「沒有。」

我冷冷地回答。志穗眨眨眼，「既然如此——」

「剛才我說的內容，基本上都是高井告訴我的。」

我打斷她。

「我以高井的話爲基礎，再一一向周遭的相關人士問出不足的部分。比如說，螺絲起子的事情就是向酒吧老闆打聽來的。說到這個，老闆跟我說，他的確發現伏特加減少的量似乎比傳票上寫的多得多，但他沒有十足把握可以證明此事。因爲他原本就對那瓶酒剩下的量記得不是很清楚，他不願讓自己沒有把握的印象成爲左右判決結果的關鍵證詞。我是在判決出來之後去問老闆的，所以他願意告訴我實話。雖說如此，我的這些調查不足以推翻法院判決的內容。事到如今，再把這件事挖出來談，也不會有任何改變。」

志穗一副欲言又止的模樣，她大概又想說「既然如此」吧。她默默看著我，責備的眼神似乎在問「你到底想說什麼？」但我又看到她眼神深處，閃爍著一絲期待的光芒。

「事情不會有任何改變。」

我又重複一次。

「但我很在意一件事，一件我無法從證詞中知道，只能憑想像推論的事。」

「……什麼事？」

我咬字清晰地說：

「事情發生當晚，學姊去酒吧做什麼？」

車廂似乎來到最高點。從這個位置可以清楚看見城堡。城山（註）的海拔很高，還設置了一條纜車。城堡就屹立在那裡的山上。我們現在幾乎是以水平的視線眺望城堡，可見車廂已經來到相當高的位置。

但是志穗完全不看窗外，直盯著我。被自己打算求婚，關係親密的女性盯著看，原本是值得高興的事，更別說是在絕不會被外人打擾的密閉空間內；我的心情卻波瀾不興，有的只是沉重的覺悟。

她形狀漂亮的嘴唇緩緩動起來。

「——你在說什麼啊？」

她眉頭皺起來。

「你自己不是說過嗎？她去那邊是爲了誘惑高井呀。」

「是。」我很乾脆地承認，「判決中也提到學姊意圖把高井帶進廁所發生關係，可是這麼一來事情就怪了。若是兩個人一起去喝酒，喝到醉茫茫時還有可能。可是高井他正在工作喔，一滴酒也沒喝，附近還有老闆在，就算學姊再怎麼要求，他也絕對不可能答應這種事。至於學姊，她或許在性格上有問題，但絕不是傻瓜。她的指導教授在學會很有影響力，她能進得了那間研究室，還考上研究所，就證明她不笨，難道她會不知道事情的後果？」

「……」

聽到我的反駁，志穗一瞬間無話可說，但她隨即又開口：

「工作中或許如此，但工作結束後呢?學姊說不定打算等到關店，叫高井送她回家。深夜時分送喝醉的女性回家，這個意圖再明顯不過了吧。」

「我也想過這點。」

志穗還沒說完，我便開始反駁：

「但正因爲地點是深夜的酒吧，所以還有計程車這個選項。我不知道高井是不是騎車去打工，但這和從研究室送她回家的狀況完全不同。讓酒醉的女性坐在機車後座很容易出亂子。就算學姊以夜路危險爲理由要高井送她，高井也可以替她叫計程車。叫計程車的話高井就沒有必要同行，只要送她到玄關，花個冤枉錢就能打發了。」

「那說不定——」

志穗拚命尋找其他可能。

「說不定她沒有想要一次定勝負，而是打算每星期去找高井，多邀幾次，總有一天高井會認輸之類的。」

「這個想法不錯。」

我這麼回答她，卻同時搖搖頭說：

註：於鹿兒島市西部的城鎮，地勢較高。

「但是這麼一來，她就成了眞正的跟蹤狂了。因爲她不僅在研究室糾纏高井，還追到他打工的地方；而且高井在認輸之前，就會換工作了吧。他可以去當補習班老師，還不用怕學姊會突然找上門來，所以學姊這麼做，反而適得其反。」

「嗯——」志穗抓抓頭，「對男人痴狂的女人會這麼理性地思考嗎？她難道不可能因爲害怕自己喜歡的男人就要離她而去，所以不顧一切做出不理智的行動嗎？」

「當然有可能，但我從學姊過去的行爲判斷，她不可能這麼做。」

「怎麼說？」

「學姊誘惑高井的時候，從不主動出擊，頂多是製造機會，然後期待高井有所回應，這是經過相當算計的行爲。學姊做什麼事都要經過算計，我感覺她就是這種個性。事實上，周遭的人也是這麼評價她。就算她知道高井不打算念研究所，要去找工作，但離高井畢業還有一年多的時間，很難相信她會失去理智，不顧一切地做出那種事。」

「我快被搞糊塗了。」志穗難以置信地說，「你的意見都很有道理，但還是沒有說明學姊去酒吧的目的。她到底想做什麼？」

從她這個問法，很難判斷她是不是心裡有底，不過都一樣。我能做的，就是說出自己的想法。

「就像我剛才說的，學姊去酒吧的目的，是要鎖上車廂外面的門。」

志穗的表情變得僵硬。

「……什麼意思？」

「高井的確一直在躲避學姊，這點不用懷疑。包括研究室的其他人，大家都口徑一致地這麼說，學姊也有自覺。可是她卻闖進高井的打工處，逼迫高井在無處可逃的狀態下與自己面對面。這個行爲和逼迫有懼高症的人搭摩天輪沒有兩樣吧？妳剛才用『拷問』來形容，我覺得很貼切。沒錯，學姊來酒吧的目的就是拷問高井。」

我不再說話，沉默塡滿了車廂。我們沒有看對方，同時望著窗外。車廂已經開始下降，以時鐘的指針來說是下午兩點半左右。

志穗緩緩搖頭。

「這就是一般說的『有多愛就有多恨』吧？」

「大概吧。」我回答，「不過，我覺得她不光是恨而已。她把自己變成鎖，把高井關在鳥籠裡。一般人要是得一直盯著討厭的人看，應該會很痛苦，所以我想學姊應該還是很喜歡高井。」

「很喜歡他，卻又拷問他？學姊是虐待狂嗎？」

志穗眉頭深鎖，我努力保持面無表情。

「我想多少要具備一點這樣的特質，否則大概做不出這種事。不過拷問這個行爲背後，通常有三種目的，妳知道是哪三種嗎？」

三種，志穗低聲複誦。我覺得要求她回答每個問題似乎太過殘酷，所以直接替她回答：

「第一，是爲了刑罰。比如說古時候官府對犯人進行拷問，就是這種。」

說話的同時，我腦中浮現好幾種拷問刑具。

「第二，是爲了逼問情報。像小說或漫畫中出現的拷問場景，大抵都是爲了這個目的。比如說，某個人受到生不如死的拷問，卻寧死也不肯吐露同伴的情報，這類的角色通常很受歡迎。」

「你漫畫看太多了。」

我不在意志穗的批評，繼續說：

「最後一個是純粹爲了好玩的拷問，妳說的虐待狂就屬於這種。妳覺得學姊是屬於哪一種類型？」

「不就是虐待狂嗎？從剛剛你描述的行徑來看，很可能就像貓咪玩弄老鼠一樣，她也在享受玩弄高井的樂趣，不是嗎？」

「或許吧。或許學姊這麼做，是有點懲罰高井的意味。她想給那個怎麼誘惑都不上鉤的男人一點懲罰，同時自己也能得到樂趣。這個解釋成立。」

「那麼事情就說得通了，不是嗎？」

「但妳別忘了，學姊依然很喜歡高井，雖然愛中帶恨，也許還帶點憤怒；可是倘若學姊存心想整高井，她很可能會被高井討厭到死。和一個最少還要待在同一個研究室一年的人撕破臉，最困擾的人反而是她自己吧。就像我剛才說的，學姊是一個很會算計的人，這是我推測整個事件的大前提。一個很會算計的人，又怎麼可能會爲了樂趣或懲罰去拷問人。」

志穗一瞬間沉默下來，接著深深呼出一口氣，看起來似乎被我說服了。

「這麼說，只剩下一種可能。」

「沒錯，學姊打算從高井身上逼問出情報，這是我的想法。那麼，她想逼問出什麼情報？」

志穗毫不猶豫地回答：

「單純來想，應該是要不要和自己交往吧。拷問通常會讓人聯想到逼迫對方做出不符合本意的回答，但不適用這個情況；更別提她拷問的有效時間只到營業時間結束爲止。」

好答案。

「我也是這麼想。學姊是爲了得出高井內心眞正的想法。妳想想，爲什麼學姊必須用這種方法得到高井的答案？」

「嗯……」志穗望向半空中，「她不可能在研究室這麼做，有其他人在。高井想要避開學姊的話，只要離開研究室即可。你的摩天輪理論，一定要選在無處可逃的場所才有用。」

「正確答案。」我豎起一根指頭，指向空中，「下一個問題，就算學姊做到這個地步，妳覺得她認爲自己能從高井口中聽到期待的答案嗎？」

我原本打算不那麼刻意地這麼問，希望透過自然的對話，把這個問題穿插在一連串的問題之中，但似乎是白費工夫了。志穗面無表情。

「你到底想說什麼？」

她聲音嘶啞，眼神飄移。我最容易在這時候心軟，我靠著意志力硬撐，直盯著眼前的女性。

「我猜學姊心想她這麼做的話，或許能得到Yes這個答案。我的推測是這樣的。擅長算計的人會預先鋪好路，讓自己得到想要的答案。她不會打沒有勝算的仗。學姊既然特地到高井打工處露臉，代表她自認有幾分勝算吧。」

志穗面無表情的臉孔開始產生變化，變得「憮然」（註）。「憮然」這個字原本帶有驚訝的意思，這幾年開始有不高興的意義。志穗現在的表情剛好同時符合這兩種解釋，至少，沒有任何開心的成分。

「你的意思是，高井有可能會拋棄我，投奔學姊的懷抱？」

「至少學姊是這麼想的。」

我刻意一派輕鬆地回答：

「只不過很會算計頭腦又聰明的人，絕對不會抱著無謂的希望，她一定有什麼根據，至少對她而言非常確定的根據。」

「……」

「學姊雖然會誘惑高井，但從不主動出擊，而是引導高井採取行動。綜合研究室的其他成員，以及我那個在隔壁研究室的朋友提供的證詞，這個情報的準確度應該很高。但妳再回想一下我之前說的，學姊採取了什麼樣的行動？不經意地坐在高井身邊，肢體觸碰；要求高井騎車送她回家；在電腦前，把手疊在高井手上操控滑鼠；都是些相當粗淺的誘惑手法。若把它想成誘惑手段，腦中自然會浮現出惹人厭的女人形象。但換個角度想，假設他們兩人的關係不是學姊的單戀，那麼學姊的這些動作，其實不就是單純的女生向男生撒嬌的樣子嗎？換句話說，高井和學姊在交往。」

志穗緊咬下唇，喃喃地不知在說些什麼，我不理睬她，繼續說：

「學姊長得很漂亮，高井也是相貌堂堂，到底是誰先誘惑誰？不知道。但我猜高井進研究室後沒多久，就和學姊發生關係了。學姊的這些動作，不過是在向自己的男人撒嬌而已。只不過在研究室的成員面前，不能太明目張膽地調情，所以在動作上稍微克制了一下。但旁人看在眼裡，分明就是學姊在誘惑高井。撇開這個不說，在他們的眼中，學姊一直是很懂得算計的人。其實身爲理工科研究者，多少帶有這種傾向，只是學姐在這種狀況

註：日文的「憮然」原本意思是失望並覺得驚訝（與預期結果不符），近年意思逐漸轉爲失望並覺得生氣。而中文的「憮然」則表示悵然若失的樣子。

下，更容易被放大檢視。」

志穗一語不發，只是緊咬下唇地瞪著我，她臉色變得蒼白，但我無視她的反應。

「爲什麼大家都覺得是學姊單方面誘惑高井？因爲高井沒有任何反應。高井爲什麼沒有反應？理由很簡單，因爲高井有妳這麼一個女朋友，不管是學姊、老師或是大家都知道這件事，最重要的是，高井有自知之明。假設高井打算與妳分手，和學姊交往，應該也只會偷偷摸摸地跟學姊調情。可是高井沒有這麼做，就表示他不打算和妳分手，和學姊不過是玩玩而已。」

即使說明到這個地步，我猜還是無法令志穗放心，志穗的表情果然沒有放鬆。

「高井開始覺得學姊變成一種負擔，但兩人的確發生了關係，只是他的眞命天女另有其人。他開始對自詡正宮的學姊感到厭煩，甚至考慮要不要去其他學校念研究所，或是直接找工作。就在這時，學姊出現在他打工的地方。」

我腦中浮現出推翻之前說明的場景，繼續說：

「坐在高腳椅上的學姊一開始像客人一樣和高井閒聊，然後漸漸切入正題。最後，她逼迫高井抉擇，我和你女朋友，你要選哪一個？學姊的問題透露出一股難以言喻的自信。再怎麼說，自己每天和高井待在一起的時間遠比他的女朋友長，年輕小伙子誰不愛自動送上門的女人？這是學姊的算計。但是高井心中早有結論，他選擇妳。他爲了讓喋喋不休的學姊閉嘴，調了一杯特濃的螺絲起子。結果出乎高井意料，學姊喝到爛醉，之後的事情我就不再重複了。」

呼——這次換我深吐一口氣。剛才的說明裡多少加入了一點想像，但我有信心，這就是正確答案。一個結論不變的正確答案。

志穗默默聽著我的假設，感覺不出她打算反駁。

「我應該感到高興嗎？」

她這麼說：

「高井雖然犯了錯，但最後仍選擇了我。」

「沒錯。」我回答。雖然已經有了答案，但事情尚未結束。

「妳應該感到高興，只是我有件事想問妳。」

「什麼？」

「高井沒對妳提過學姊的事，很合理。但是因爲有愛管閒事的人跑來告訴妳，所以妳知道學姊的存在。請問那個愛管閒事的人是誰？」

志穗微微顫抖了一下。我沒等她回答，就說：

「是學姊吧。」

志穗全身緊繃地看著我，「爲什麼你會這麼認爲？」

「因爲學姊是個很會算計的人。」我回答她：

「我想學姊來找妳，並非要求妳離開高井，而是專門來告訴妳自己和高井上過床了。

她希望你們兩人會因此吵架分手。」

「……」

「但妳並沒有質問高井學姊的事。大概因為當時年紀輕，沒有勇氣從男朋友的口中聽到殘忍的真相吧。不過最重要的不是這個，而是因為妳討厭這種特地來跟正宮打男人小報告的女人。妳心想，自己怎麼能輸給這種人。」

志穗既不肯定，也不否定，只是默默聽著我說話。

「再問妳一個問題。關於高井考慮不念研究所，直接找工作這件事，妳說學姊應該是從某個愛管閒事的人口中得知，包括高井在哪裡打工也是。那麼這個愛管閒事二號又是誰？就是妳，對吧？」

志穗的臉頰微微抽動了一下。

「高井應該會很小心，盡量不讓包含學姊在內的研究室成員知道自己在哪裡打工，因為他不希望破壞研究室的氣氛。唯一能從洩露這件事得到好處的人，只有妳。妳的企圖是令學姊感到慌張，採取行動，直接逼問高井內心真正的想法，結果學姊被高井親口拒絕了。妳思考著該怎麼把學姊推落絕望的深淵，誰叫她曾一時從妳身邊奪走高井。換句話說，替車廂上鎖的人，不是學姊。把高井與學姊關進鳥籠，並上鎖的人就是妳。」

我垂下雙肩，明明這原本應該是眼前的她該有的反應。

「妳沒想到結果超乎妳想像的激烈，高井死了。妳這才發現自己所設的陷阱正是導致這件悲劇發生的元凶。這些年來，直到今天，妳仍然這麼想——我說的沒錯吧？」

她久久沒有回應。我耐著性子等下去。當車廂來到五點鐘的位置，志穗才好不容易開口：

「我覺得心中的大石總算落下了。」

她語氣十分輕鬆愉快。

「你說要釐清這件事，沒錯，事情就如你所說。我很感謝你，不過還是不開心。」

我們又重複剛才的對白。

「不開心？」

「對，感覺你好像在拷問我，爲了逼問出情報，把我關在這狹小的車廂，對我說『快從實招來。』這和學姊做的事沒有兩樣。」

「眞抱歉。」

我老實地向她道歉。我當初一直在想哪裡比較適合談高井的事情？後來想到乾脆將摩天輪車廂模擬成事件發生的地點，也就是酒吧吧檯，情境相同之下，更容易追究出事情眞相，此時遭到責備，我也無話可說。

「眞拿你沒辦法。」

志穗造作地嘆了一口氣，說：

「事情發生到現在已經過八年了，我好不容易才慢慢淡忘，你又舊事重提，讓我好受傷，你知道嗎？」

她瞪了我一會兒，隨即又露出笑容。

「不過忘記這件事的代價就是過著與男人無緣的生活，所以搞不好我還應該感謝你呢。那麼你打算怎麼做？」

她指的是求婚這件事。心裡打算要求婚的我，是不是真的能有所行動？她也藉著在這狹小的車廂中，追問這個答案。

「如何？你有和這個透過情敵殺死自己男朋友的女人白頭偕老的覺悟嗎？」

「才沒有覺悟咧。」

我爽快地回答。志穗挑眉問，「沒有？」

「我剛才不是說了嗎？我真的相信我們會很合得來，既然真的相信，就不需要覺悟。」

志穗噗哧一笑，皺眉笑道，「好吧，可以接受。」

窗外閃過一道人影，是那位工讀生，摩天輪已經繞完一圈了。

喀擦一聲，門鎖被打開了。

「辛苦了——！」

他用著和出發前一樣充滿朝氣的聲音對我們說。

我向志穗伸出手，「下去吧。」

「嗯。」志穗也伸出手。

我握住志穗的手。

轉學

「事情雖然有點突然，不過我要跟大家報告一件令人遺憾的消息。」

早上，正木老師一走進教室便這麼說，「本班的津田臨時決定要轉學。」

教室陷入一陣無言的騷動，所有人的視線都轉向津田的座位，那個座位的主人已經不會再出現了。

「老師，津田預計什麼時候轉學？」

擔任班長的小野寺舉手發問，只見老師神情哀傷地搖搖頭說：

「很遺憾，津田已經出發前往新的學校了。津田說，無法跟各位同學好好道別，他感到很抱歉。因爲家裡有事，實在是不得已。」

又是一陣無言的騷動。大家視線游移，但沒有人四目相接。

「大家連同津田的份一起好好努力吧。」正木老師說完恢復原來的表情，「開始上課。」

老師打開課本。他拿著粉筆的手上有一只心型的戒指。那是校徽的形狀，用來作爲學校教職員的識別證。正木老師把心型的那面朝內戴，大概是想藉此表達他的遺憾。

「眞沒想到是津田。」

小栗一邊動著筷子，一邊說，「居然輪到津田。」

「眞不敢相信，他上次的模擬考明明考得很好啊。」

石島附和。他右手拿著三明治，左手拿著牛奶瓶。

午休時間，我們聚在一起吃便當。在這所全體住校的高中，午餐是由學校提供，而且還根據每個學生的健康狀態設計不同的菜單。最近有點發胖的小栗吃的是去皮去油的雞肉。骨質密度低的石島喝的牛奶中多添加了鈣質。討厭吃青菜的我，便當裡面多了一顆維他命。學校聘請專任營養師，照顧全校學生的健康。為了保持個人食材的新鮮度，餐廳用來存放食物的不是普通冰箱，而是大型冰櫃。總之，這不是一間平常的學校。

「可是我記得學長曾說過，有時候就是因為成績變好才會被放棄喔。」古賀盯著肉丸子說，「聽說，有資深老師已經看出津田的極限。簡單來說，學校判斷他已經無法再進步，既然無法再進步，就沒有必要留在這裡。」

他用著彷彿人就在現場似的語氣這麼說。

「那我不就慘了，我這次的排名可是大躍進耶。」小栗把最後一口雞肉放進嘴裡。話說回來，最近小栗確實進步飛速。雖然他本人表示「多虧減肥餐的幫忙，專注力提升不少。」但大家都知道，這是他熬夜苦讀換來的。小栗能夠繼續留在這間學校，絕非因為他是重量級政治人物的孫子，而是靠他自己努力得來。

「排名會大躍進，不就代表之前排名很後面，這一躍也只來到平均水準而已吧？」古賀打趣地說，沒想到小栗一本正經地回答，「照這個速度進步下去，我半年後就變成全校第一名了。」大家哄堂大笑。

我附合眾人點點頭，一邊吃著便當，但腦中想的是津田的事。這間集合全國成績優秀學生的高中，也就是所謂的菁英養成學校，不僅不需繳交學費，每個學生還擁有空調完備、隔音效果極佳的個人房，以及奢侈又健康的餐點。學校位於遠離市區的山中，可以遠離玩樂的誘惑。我們就是在這種環境中，在學校嚴格的鞭策之下用功讀書。

正因如此，每一個學生都非常優秀。就連在家鄉被稱作神童的我，在這間學校的成績也只能保持在中段。雖說如此，沒有跌到後段已經是萬幸了。這所學校嚴格到假如連續三次模擬考都未能達到基本分數，就會被退學。但是成績始終維持在前段的津田，居然轉學了。

「三澤同學。」

有人叫我。轉頭一看，是北園沙織。在場眾人同時急忙別過頭，只有我還看著沙織。沙織只對我說，「你吃完便當後，可以過來一下嗎？」

「好。」我回答，並把便當盒收拾乾淨，配著礦泉水吞下維他命。我起身，跟在沙織後頭，順道把便當盒放在回收箱內，走出教室。

沙織把我帶到無人的音樂準備室。沙織鎖上門，倚在置物架上看著我。在昏暗的房間中，她的白色夏季制服顯得有些耀眼。

「三澤同學。」沙織說，「津田同學跟你說過什麼嗎？」

她的眼神很坦率，卻又顯得心事重重。

「轉學的事嗎？我沒聽他說過。」這是事實，因爲連我都嚇了一大跳。

「是嗎。」沙織嘆氣，「我還以爲他應該會對你透露些什麼。」

「既然妳都沒聽他說了，更別說我了。」

沙織默默搖頭。

津田和沙織在交往。學校雖然功課逼得很緊，但甚少干涉學生的私生活。對於校園戀愛也採取寬容的態度。戀愛若對功課有幫助當然好，若會妨礙讀書也無妨，反正成績一直退步的人最後會被退學——這就是學校的態度。關於這點，津田和沙織也有自知之明，所以印象中從他們開始交往以來，兩個人的成績都未曾退步。

「難道傳聞是真的……」

沙織咕噥，這次換我搖頭。不是否定，而是我也不知道的意思。

這間學校流傳一個傳聞。不是只有成績不佳的庸才才會被退學，就算成績很好，只要學校認定能力已發揮到極限的人，也會被退學。能力極限被看穿的學生會接到秘密通知，獲得理事長召見。理事長會親口告訴那人，你已經玩完了。接著，他必須在對班上所有同學保密的情況下，悄悄離開學校。老師會以「轉學」來形容這件事。事實上，每一年都的確有幾個人突然轉學，津田是今年以來第二個人。

成績一落千丈的人，不管是本人或周遭的人都明白，「這傢伙差不多了。」所以本人早有覺悟。即使最後真的遭到退學，本人也會死心，「沒辦法，誰叫我資質駑鈍，不配待在這裡。」但轉學的人就不同了，他們不僅保持著優秀的成績，而且本人也覺得愈來愈得心應手，可是卻會被突然告知自己沒有資格繼續待下去。要承認自己不是一時之選的事實十分痛苦，對於能進這間學校念書的人來說更是如此。要他們對著班上其他都是一時之選的同學面前宣布這件事，未免太過殘忍。所以大家都能諒解他們選擇不告而別。

雖說如此，學校放棄津田實在是讓人跌破眼鏡。他如果只是成績優秀，或許就眞的如古賀所言，已經達到能力極限，但津田的資質不只如此。即使在這間菁英雲集的學校，他依然顯得出類拔萃。無論是他結合新舊情報的能力，以及有效活用這些情報的能力，還有以這些情報爲基礎想像出全新前景的能力，都是傲視群倫、無人能及。

但事實擺在眼前，這樣的津田卻轉學了。

「假使傳聞是眞的，學校確實放棄津田的話，」我開口，「他最不希望妳知道這件事。」

我字字斟酌地這麼說。因爲我知道沙織很不諒解津田這樣不告而別。她一定很想知道津田內心眞正的想法，所以才帶我來這裡。身爲津田好友的我，爲了不傷沙織的心，只能盡量找個她能接受的說法。雖然連我自己都不能接受這種說法了。

「津田或許考慮到，當學校宣布放棄自己，就意味著和妳的關係必須畫下句點。他或許自認自己已經沒希望了，但妳還有希望，若他對妳表現出眷戀，對妳來說一點好處也沒有。」

但沙織無法接受。

「你看這個。」

沙織把右手伸進胸口。一瞬間，我心跳加速。但她右手很快就再伸出來，纖細的手指上捏著一條墜子。仔細一看，原來是項鍊穿過一只戒指當作墜飾用的墜子。

「你知道津田同學沒有媽媽嗎？」

沙織問我，我點頭。聽說津田的母親在他小時候因爲車禍死亡。沙織把戒指拿給我看。

「這只戒指是他母親的遺物，他送我的。」

「……」

沒想到這兩人的關係已經發展到這個地步了。我心中不自覺升起一股與現場氛圍格格不入的感動，並瞬間理解沙織想說什麼。

「津田不可能把母親的遺物丟下不管……」

「沒錯。」

「可是他也可以先離開，之後再寫信拜託妳還他吧。」

「你覺得他有可能做出這麼差勁的事嗎？」

沙織的眼神似乎說，「要是你敢同意，我可不原諒你。」我搖搖頭表示否定。

「我終於知道爲什麼妳要把我帶到這個沒有人的地方了。」我吞了口口水，「妳是想說，津田不是自願離開，對吧。」

晚上，我進了津田的個人房。房門是鎖上的，但我告訴舍監「我來拿借給津田的物理參考書，沒有那本書我沒辦法做功課。」他就替我開門了。在這間學校，念書勝過一切，要騙過舍監太容易了。更何況，我是眞的借他物理參考書。只是說，那本參考書我已經念完了，就算沒拿回來也不妨礙我念書。我唯一贏過優等生津田的科目，就只有物理和地球科學。

津田的房間維持他居住時的模樣，看起來完全沒有收拾的痕跡。舍監說，「津田只拿走貴重物品，其他的私人物品我們之後再替他送過去。」假如轉學的學生眞如傳聞所說的悄悄離去，絕不可能匆忙打包行李，弄出太大聲響。舍監的解釋確實有道理。

待太久會被懷疑，我得趕緊找出一些線索。我老早就想好要從哪裡找起，就是書包和書桌的抽屜。假使這兩個地方都沒找到線索，那就立刻放棄。希望沙織可以接受這個結果。

我發現書桌的書架上立著那本我借他的物理參考書。確認是我的書後，我開始尋找線索。先從書包開始。我打開書包，看到裡面放著課本和筆記本。機率統計、世界史、微分積分、英文文法、物理、古文，都是今天上課要用的。書包裡還放著筆記本和鉛筆盒。打開鉛筆盒，裡面還裝著津田愛用的自動鉛筆。

接下來換書桌，我打開最上層的抽屜。

「賓果。」我忍不住出聲。

抽屜裡放著錢包。舍監說的「貴重物品」之中，不可能不包含錢包吧。

這就夠了。想要得到更多情報，就必須徹底搜索這間房間，但沒那麼多時間。我拿了物理參考書，正要走出房間，只是——

「嗯？」

參考書的觸感很奇怪。我疑惑地將目光移向參考書，立刻就知道原因。書本鼓鼓的裡面好像夾了墊板之類的東西，有一種不自然的厚度。我試著打開鼓起來的地方，但內頁黏在一起打不開。我硬是打開，結果內頁邊邊被我撕破了。看起來像是被人用糨糊黏起來，又像是油漆塗上一大片，被黏住的內頁顏色發黑。

我感到不寒而慄。我再次翻開津田的書包，取出物理課本，快速翻動書頁，有頁面黏住，雖然沒有參考書那麼黏，感覺是隨意用糨糊快速沾過的黏法，稍微一用力就能啪地掀開。我檢查內頁中烏黑糨糊的黏法，看起來是噴散式的沾法，顯然是沾到飛濺的鮮血。

我雙腿發軟，不能繼續待在這裡，太危險了。我立刻空手離開津田的房間，我完全不想再碰那本參考書了。我按下門鎖，反鎖房門，直接回去自己的房間。

回到房間，我心中湧起一股恐懼。我還無法完全掌握自己的狀況，但直覺告訴我應該要感到恐懼。

冷靜下來沒事的。不可以崩潰，動動腦子。要是不趕快動腦，眞的會崩潰。沒事的。故鄉的大家不是都叫你神童嗎？

我死命地說給自己聽，就像模擬考之前爲自己打氣一樣，「沒問題的，你一定辦得到。」自我暗示似乎發揮了效果，我逐漸冷靜下來。雙腿雖然還無法完全聽我使喚，但至少可以站起來了。我用熱水泡了一杯即溶黑咖啡，啜了一口，深深呼出一口氣。

我試著先整理一下目前已知的情報。首先是津田昨天的樣子。我試著努力回想昨天的津田是什麼模樣。很正常，沒有不對勁的地方。沒錯，不管是津田或正木老師，都沒有任何異樣，一點徵兆也沒有。

還有什麼？津田的書包裡面放著今天要用的課本。可以想見，津田昨天晚上應該還在預習今天的科目。他把課本放進書包，就表示他已經讀完書，準備上床睡覺了。學校就算要宣布再怎麼機密的消息，也不會選在半夜吧。就算津田眞如傳聞所說，會由理事長親口宣布轉學的通知，也應該會選在今天早上。這個可能性有多高？

零，因爲津田還把錢包留在房間。不管他是在半夜，還是早上被叫去，津田都不是自願離開這間學校。假使津田是自願離開，就算衣服沒換，也會帶走錢包吧。

另一個補強這個想法的證據就是那本物理參考書。從現場的痕跡來看，應該是大量鮮血大範圍噴灑在參考書上，其餘飛濺的部分才沾到物理課本。剛才沒有確認筆記本，大概也是沾滿血跡吧。前天也有物理課，那時津田一如往常地來上課。至少在前天，筆記本上沒有血跡。

不，不要想得太遠，結論不正擺在眼前嗎？

津田在昨晚被人襲擊被襲擊後流出大量鮮血。因爲他正在讀物理，所以物理參考書和課本都沾到血。這間學校的宿舍爲了怕學生念書不專心，隔音設備做得相當好，只要不是巨響，隔壁房間根本不會聽到任何聲音。

我撫摸我眼前的這張書桌。桌子表面上了塗料，閃閃發亮。這麼一來，就算桌子沾到血，也可以輕鬆恢復原狀，但參考書和課本就沒辦法了，所以凶手只好將它收起來。書本就算沾到血，只要闔上放回原位，就不用擔心被發現。而且津田的房間上了鎖，若不是我騙過舍監進去，日後一定有人不動聲色處理掉參考書。

那麼流血的津田後來怎麼了？昨晚並沒有聽到救護車的聲音，或忙著救人的騷動，所以到底發生什麼事了？這裡是菁英養成學校，或許是由那些害怕醜聞的老師偷偷把他送去醫院。

即使如此，還是有問題沒解決。那些老師怎麼知道津田受傷？連隔壁房間的學生都沒發現的事，在教師宿舍的老師又如何得知？舍監發現的嗎？舍監發現有人傷害津田後，再去通知老師嗎？話說回來，襲擊津田的人到底是誰——

我搖搖頭。驚覺自己爲了讓推論符合邏輯，居然忽略了最大的關鍵。

今天早上正木老師對大家說了什麼？他說津田轉學了。這意味著津田不可能再回到這間學校。假使他只是遭到襲擊受傷，應該還會再回到這裡。就算老師想隱瞞事實，只要編個理由說「津田身體不舒服住院了」不就得了。正木老師不這麼說，就表示他知道津田絕對不會再回到學校。

——津田已經死了。

我得出結論，津田死了。既然人死了，也不用叫救護車，當然也不會再回到這間學校。

他爲什麼會死？我首先想到的是自殺。理事長半夜突然叫出他，告訴他要轉學。津田大受打擊，毫無預警地自殺了。這麼一來，學校方面一定會想盡辦法不讓消息走漏。

不、不對，參考書上的大量鮮血徹底否定了自殺的可能。放在桌上的參考書沾到大量血跡，就位置關係來看，血應該是從津田頭上流出來。能夠造成頭部大量出血的自殺方式，我只能想到有跳樓。雖說如此，津田也不可能死於意外。因爲若發生意外，應該會有救護車來。這麼說來——

這時，門外突然傳來敲門聲。

我驚嚇之餘，差點發出尖叫，幸好聲音卡在喉嚨。我起身，踩著虛浮的步伐走向門前，心臟像打鼓似地咚咚直跳。

打開門一看，門外站著正木老師。

「不好意思，這麼晚來打擾。」

正木老師說完，逕自走進房間。他往我身後的書桌一瞥。

「怎麼，今天這麼早就休息了？」老師看看手表，「才十一點呢。念書有效率是很好，但會不會太早了？津田可是每天都用功到超過十二點才睡哦。」

老師窺看我的眼睛。

「還認眞到跟你借參考書，對吧？」

老師把手上的參考書遞給我，「你忘了拿走。」

我反射性地伸出手，收下那本吸滿津田鮮血的參考書。

「你不就是去找這個嗎？」

「我找過了，但沒找到。」三流的謊話。正木老師可沒有那麼容易上當，老師默默搖頭說：

「裝傻也裝得太不像了。這時候，比較機靈的回答應該是『我找到了，只是因爲沾到血不能用，所以沒有拿回來。』」

此刻的我根本沒有心思佩服老師的說法，只見他露出柔和的微笑。好奇怪，明明就是我認識的正木老師，但今晚彷彿變了一個人似的。

好恐怖。我全身像是被綁住一般動彈不得。老師輕聲細語地對我說：

「三澤，我們有必要好好談談。」

老師砰地拍了我的肩膀一下，我忽然有一股錯覺，彷彿他手上沾滿鮮血。過度的恐懼讓我清醒過來。

「要談什麼——」我上緊身體的發條，「沒什麼好談的！」

說完，我奮力扔出手中的參考書，直接擊中正木老師的臉。我趁偷襲成功的瞬間，我鑽過老師身旁，跑出房間。

我拚命地跑。昨天津田死了，學校知道這件事之後會怎麼做？既然事情沒有傳開，就表示他們企圖隱瞞。隱瞞，第一件事就是先藏起津田的屍體。津田的屍體被藏在哪裡？偷偷用車送走的可能性最高，要是來不及呢？把屍體藏在學校的某處？現在是夏天，藏在一般的地方沒多久就會發出惡臭，我所有的想法都指向一個答案。背後傳來好多人的腳步聲，我衝下樓梯，來到一樓。我往一樓最裡面跑去，那裡是餐廳。我衝進廚房。廚房走到底，有一間放著全校學生三餐食材的巨大冰櫃。我打開門——

津田在裡面。

我聽到尖叫聲。尖銳到不像是人發出的聲音，我花了好一會兒才發現那是自己的聲音。有許多人壓住我。即使剝奪我身體的自由，仍止不住我的叫聲。津田躺在冰櫃地板，穿著平時的便服，雖然閉著雙眼，我還是認得出來；然而他已經不是我平時看慣的津田。

津田的頭蓋骨被切開了。

待我清醒過來，人已經躺在沙發上，身上蓋著毛毯。這裡是哪裡？爲什麼我會在這種地方？我思考著，緩緩起身。

看來我剛才昏過去了。從發現津田屍體之後的記憶一片空白——想起這件事的瞬間，我背脊發涼。對，我看見津田的屍體了。這證明我的推測正確，津田的確死了。但是推測和實際看見摯友死去完全是兩碼子的事。親眼看到他死去的沉重心情，又讓我躺回沙發。

「醒來了？」

頭上有一道聲音傳來。我抬頭一看，是正木老師。他鼻孔塞著面紙，因爲我把參考書丟向他。

「……這裡是？」我問。我暫時不想問其他事。

「這裡是理事長室。」正木老師說，並遞了一杯水給我。我接過來一口氣喝完。緊張乾涸的身體快速吸收了水分。喝完水，我終於有心情張望四周。這個房間很寬敞。這是我第一次進來理事長室，我剛才應該是躺在接待區的沙發上。爲什麼我不是躺在宿舍的房間，而是在學校的理事長室？

室內深處有一張大桌子，理事長就坐在桌子後面，正在寫些什麼。理事長大概是察覺到我的視線，他抬頭、起身，接著繞過桌子，朝我這邊走來。我現在應該要立刻起身逃跑，但身體卻不聽使喚。雙腿發麻，使不上力。

理事長在我眼前坐下。「你是二年六班的三澤，對吧。」他說，「聽正木老師說，你表現得非常好。」

「成績還在中段而已。」我回答。現在不是說這個的時候。我理性很清楚，但一部分的感情已經麻痺，不自覺回答一些沒有內容的客套話。理事長緩緩搖頭。

「不，他是指你的思考能力很強。聽說你直接往冰櫃跑？這表示你知道津田的遺體就藏在那裡，你很有前途。」

津田的遺體——

聽到這句話，我腦中的迴路總算接起來了。

「爲什麼，」我對理事長說，「津田爲什麼會死掉？還有……爲什麼要隱瞞這件事！」

說到最後我幾乎是吼的，但理事長處之泰然。我繼續大喊：

「爲什麼沒叫救護車！搞不好這樣津田就不會死了。就算救不活，至少也要報警吧！」

理事長沒有回答，我氣喘吁吁地瞪著理事長，正木老師一語不發地站在一旁。

理事長十指交扣，右手中指戴著心型戒指，他的視線停留在那只戒指上。

「是舍監下的手。」理事長低聲地說，「他對我唯命是從。而且又死腦筋，太過老實，最適合當舍監了。」

就是因爲太過老實，所以才會放你進津田同學的房間——理事長接著說。

我無法回答。舍監殺死津田？既然你知道那麼多，那爲什麼不採取行動？我不明白理事長這麼說的意圖。

「難道……」我好不容易才出聲，沒辦法說完整句話。理事長替我接下去，「沒錯，是我下的命令。」

「……！」

我忍不住顫抖了一下。被人用刀子刺進心臟的感覺，大概就是我現在這種感覺吧？我反覆咀嚼理事長的話。理事長的意思是他唆使舍監殺死津田！

理事長把視線從戒指移向我，「你是這間學校有史以來，第一個發現『轉學』學生的人。為了獎勵你，我就告訴你眞相吧。你應該聽過關於轉學的傳聞吧？」

這不是詢問，而是確認。我點了點頭。理事長確認我的反應後，臉上浮現滿意的表情，「這個傳聞是我們散播的。」

我沒有回答，理事長繼續說：

「學校判斷能力到達極限的學生會遭到放逐，老師們以轉學的名義對外如此宣稱——聽起來確實很像是我們這種只挑選菁英培育的學校會有的傳聞。但是假設這樣的傳聞是學校方面刻意散播的話呢？」

理事長又注視著我。我呑了一口口水，「表示事實是相反的……」

「很好。」理事長笑了，「沒錯，確實有些學生會突然消失，不過他們絕對不是成長到達極限、沒有未來的學生。就如你所說，事實完全相反。他們才是擁有最棒的頭腦、萬中選一的人。這次我們挑津田，相信你能理解我的意思。」

「……」

「擁有眞正優秀頭腦的人鳳毛麟角，就連在這間學校，每個學年只要出現一個人，都算運氣好的了。就因爲這樣，所以才傷腦筋。」

「有什麼好傷腦筋？」我問，「假如其中一個人畢業後，在社會上出人頭地成爲傑出校友，就可以爲學校增光，不是嗎？」

「人數太少了，這裡可是菁英養成學校。我們每年的確都會送出幾十名菁英出社會，但他們不過是一般的菁英。現今的日本想要的，是眞正出類拔萃的人，也就是所謂的超級菁英。這樣的人才一年才出現一個人，實在太少了。」

「就算是這樣，」我在不了解理事長的企圖的狀況下反射性地問，「沒有就是沒有，還能怎麼樣？」

「只能努力找出解決辦法。」理事長說，他的眼神透露著些許驕傲。「我最後找到方法了。我找到方法，並在這間學校實踐，而且效果非常強大。」

理事長彷彿要看穿我，我動彈不得。「什麼、」我好不容易擠出一點聲音，「什麼方法？」

「犧牲一個人，讓十個人成長的方法。」理事長得意地說，「眞正的菁英的腦部結構異於常人。用他們的腦當材料，讓一般菁英也能進化成超級菁英。」

我全身僵硬。聽理事長說完這句話，我的身體像觸電一般，眞相這股電流竄全身。事出突然，我的大腦無法在第一時間理解他的話。在這短暫的空白中，理事長直接說出眞相：

「餵他們吃腦……」

時間停止了。

不，還是時間流逝地太快？我失去感受時間的能力。還是說，我剛才有段時間昏過去了？我的腦袋一片混亂。

「哈哈哈哈哈哈哈！」

我放聲大笑。我以前聽過類似的事。人之所以吃人，是爲了把對方的能力據爲己有，這就是理事長說的實踐嗎？

「怎麼可能！太不科學了！」

我大笑不已，但理事長沒有打算跟我一起笑的意思，也不因爲被學生嘲笑感到憤怒。

「這是有科學證據的，在醫學上已經證明了，只差沒有在論文上發表而已。」

「你說證、證明……」

「有一種蛋白質偏好依附在人的腦部。那種蛋白質是由兩百五十個微小的胺基酸組成。每個人的腦部都有這種蛋白質，但超級菁英的蛋白質結構和一般人不同。他們的突變種可以增強腦神經的活性化。」

我繼續發出打嗝般的笑聲。理事長毫不在意地往下說，「這個突變種有一種特性，它會依附在普通的蛋白質上，把對方同化成跟自己一樣的突變種。也就是說，它會自我增殖。簡單來說，聰明的人會變得更聰明，而平庸的人就注定平庸。照這個邏輯，假如把突變種移植到平凡的人身上，會發生什麼變化？爲了做實驗，我創立了這間學校。」

「就算是這樣，也不可能用吃的吧，應該是透過手術移植之類的……」

理事長搖搖頭。

「突變種一旦從腦中取出，就會失去活性，一定要用吃的才行，我們已經確認過了。用吃的，它才能夠完整地傳遞進腦中。當然只吃一次是不夠的，一定要持續吃一段時間才行。」

「哈哈哈哈哈哈哈哈！」

開什麼玩笑。我繼續大笑。津田呢？難道說津田被吃掉了？他被殺死，腦被取出，然後被人吃掉？怎麼吃？用鐵板煎？還是用燉的？要不要撈浮渣？

我自己也在不知不覺中停止大笑，笑聲不知從何時開始轉爲哭聲。

我該怎麼對沙織交代？要怎麼對一心期待與津田重逢的她說，「你的男朋友被吃掉了，不成人形。」這種話我說得出口嗎？

「怎麼會有這種事……」我邊哭邊說，「不可能有這種事，有人失蹤的話，警察一定會展開調查，更何況有好幾個學生都在同一所學校消失，警察絕對不會放任不管。」

面對我的質問，理事長不為所動。

「這點你不用擔心。要封住警察的口太容易了。三澤同學，我這麼問你吧，什麼樣的人會用盡各種手段讓自己的兒子或孫子成為菁英？」

這問題很簡單，就連我現在的狀態也回答得出來。「政治人物、醫生……」

「說得沒錯，換句話說，就是擁有權力和金錢的那群人。他們會爭先恐後地買超級菁英的腦，給自己的小孩吃，為的就是讓他們繼承家業。他們有辦法封住警察的口，也可以讓媒體噤聲。這所學校的經費也是他們出的。想也知道，若沒有這些人的支持，依照這所學校的支出，怎麼可能不用學費。」

我的喉頭發出不成調的聲音，吶喊的聲音堵在喉嚨。我懂了，理事長從頭到尾都只是單純描述事實而已。因此學校才會提供依照個別狀況量身訂做的餐點，班上成績突飛猛進的人又正好是重量級政治人物的孫子——

沉默降臨。理事長擺出一副他已經無話可說的表情，盯著戒指看。正木老師憂心忡忡地看著我。至於我，腦中一片空白，任由時間從我身旁溜走。

「我……」我吞吞吐吐地說，「我會變怎麼樣？」

既然已經看過津田的屍體，既然已經聽完理事長說的這些話，怎麼想我都不可能平安無事地走出這裡；但是我就連抵抗的力氣都沒有了。

「我的腦也會被吃掉嗎？」

理事長擺出一副原來你還在這裡的表情，目光轉到我身上。

「沒有這回事。」他冷冷地宣布：

「你還沒那個本事。」

*

「如果是妳，」我喝了一口紅酒，繼續說，「聽到老師說『你還沒那個本事。』會怎麼樣？」

坐在我對面的，是盛裝打扮的北園沙織。「你是說，」沙織微微蹙眉，「你轉學的那個時候？」

我沒有回答，但沙織似乎接受了，「我記得當時我嚇了一大跳，不懂津田同學和你怎麼會接連著轉學了。」

津田死後已過了十五年。

當時，他們爲什麼不殺死我？還有，理事長爲什麼要告訴我眞相？現在的我終於想通了。

理事長或許抱持著一個信念，絕不以爲了大量生產超級菁英以外的目的殺人。這是他身爲教育者有別於殺人魔的底線。至於他爲何要告訴我眞相，我也大概能夠理解。他既然決定不殺死我，就必須告訴我眞相，否則我一定會報警。讓我知道眞相反而可以封住我的口。告訴警察這種事，我一定會被當作因爲過度競爭，精神出問題的少年，最後被送進醫院。

那天晚上，我被理事長宣布『轉學』，這是爲了驅逐發現秘密者的處置。將發現秘密的人放回去一群努力成爲菁英的學生之中，對他們一點好處也沒有，我自己也鬆了一口氣。當時的我根本不可能若無其事地坐在吃下津田大腦的人旁邊，轉學是唯一雙贏的選項。

「看看你現在，」沙織歪了歪頭，「看來老師當年的判斷是錯的。你現在可是頂尖的天文學家，不是嗎？當初放逐你的決定是錯誤的。」

「沒這回事。」我搖搖頭，「我並不是天生聰明的人，本來就不適合讀菁英養成學校。我所有的成就都是腳踏實地努力得來的結果，跟才能無關。」

遭到放逐的我轉入普通高中。在那裡，我比待在原本那間學校時還用功。對於那間學校發生的事，我無能爲力，甚至連想替好友報仇的意願都沒有。那個秘密對一個高中生來說太過沉重。但另一方面，我一直想證明那間學校是錯的。理事長的那句「你還沒那個本事」成爲我的精神支柱。我不相信有這種事，我一直抱持著這樣的心情努力至今。

結果，我成爲獨當一面的天文學家，寫出不少有分量的論文，並從文部科學省獲得鉅額研究補助經費，獲得成功。當上文部省官員的沙織知道這個消息後，主動聯絡我。

於是我們約在她常去的法式餐廳碰面。

沙織露出些許悲哀的表情，「你應該很恨以前的那些老師吧。」

她盯著我的眼睛看，眼眸還是和以前一樣坦率，一點都沒變。我避開視線，又說了一次「沒這回事。」

「其實，我覺得老師他們也很爲難。」沙織無視我的否定，「一開始我也很恨那些老師，居然奪走津田同學、三澤同學這兩個我最要好的朋友。但我現在慢慢了解老師他們的心情。那間學校情況比較特殊，無法再成長的小孩勢必要被淘汰。但我認爲在發生這樣的狀況之前，老師他們已經爲我們盡了最大的努力了。」

我默默喝著紅酒。沙織仍舊相信那則傳聞。她相信津田和我都是因爲能力到達極限，才被趕出學校。但我無心告訴沙織眞相，包括津田是怎麼死的。

沙織繼續說，「我現在不是在文部科學省嗎？雖然沒有站在講台教書的經驗，但時常和在第一線從事教育的老師深談。我的經驗告訴我，老師愛護學生心情，絕對比世人想像得更多。」

「……妳到底想說什麼？」

我這麼問沙織，她的話似乎有弦外之音。

「我想解開你的誤會。」沙織一臉認眞地說，「老師他們是放逐了你沒錯，但並不表示他們不愛護你。你離開學校之後，老師他們仍持續暗地裡支援你。你被逐出學校之後，或許他們還怕你未來找不到出路，暗中支援你也說不定，所以請你不要怨恨他們。」

我嘆了一口氣，原來如此。沙織現在是文部科學省的官員，換句話說，她當然會站在培育菁英者的立場思考。我否定那間學校，就等於否定日本的教育系統。身爲一流天文學家的我，若公開批評那所學校，勢必會造成嚴重的問題。對她來說，當然要極力避免這種事情發生，所以才把我叫出來，說些好聽話，替他們粉飾太平。

不，眞的是這樣嗎？沙織依然以和當年一樣坦率的雙眼盯著我看，這不就證明了她一點都沒變嗎？津田所愛的北園沙織絕對不是那種會用花言巧語欺騙朋友的女性，所以她說的都是眞心話？

若眞如此，那事實又應該是如何？把我逐出學校的理事長和正木老師一直暗地裡支援我？可能嗎？我突然想起那天晚上理事長的話，「你還沒那個本事。」可是他也說過，「你很有前途。」假使他是出自眞心這麼說，那麼他就有可能暗中支援我。

可是他會用什麼方法？

服務生走向我們這一桌，「幫您整理一下桌面。」說完，服務生收走了我們吃完的主菜盤。我心不在焉地看著服務生的動作。

那名服務生的手指戴著心型戒指。

牆上的洞

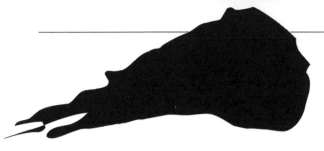

暑假的時候，在體育器材室的角落發現了近來行蹤不明的澤野屍體。

身為班長的澤野在期末考第二天考完英文後，沒有直接回家，就這麼消失不見人影。他的家人請求警察尋人，但一直沒找到他。直到今天大家才知道，原來他一直就在我們附近。

全班陷入一陣騷動。我接到電話後，便趕緊趕到學校去。我在校門口，碰見了佳代，一起往教室走去。來到教室附近的走廊上，就聽得見班上的喧嘩聲。走進教室，我發現班上幾乎全員到齊。

「眞的假的啦！」

一進教室就聽見松井大聲嚷嚷：

「我聽到刑警跟伊野這麼說的啊。」

加藤回答。他是田徑隊隊員，根據我在電話中得到的消息，發現澤野同學的人就是他。

「加藤同學，」佳代問他，「發生什麼事了？」

加藤回頭，「眞的、眞的啦。我親眼看見的。」他鼻孔賁張，臉頰泛紅。

「從頭說吧。」我說。加藤同學爽快同意。

「我剛才走進體育器材室，要拿軟墊。妳也知道，我們田徑隊今天要開始練習。這是我從放暑假到現在，第一次走進器材室。結果裡頭臭到翻掉，害我超想吐的，想說是不是有什麼東西臭掉了。我和一個一年級的一起在裡面找臭味的來源，結果就發現屍體，嚇死我了。」

他大概已經跟很多人說過了，描述得很流暢。

「一開始我根本不知道屍體就是澤野，後來知道是澤野後，又再被嚇了一次。」

「那剛才說什麼『眞的假的』？」佳代插話。她指剛才松井說的話。

「那個啊，」加藤說得更加起勁，「我剛不是說我是第一發現者嗎？所以警察找我問了好多事情。當時，我在旁邊很清楚地聽到警察和伊野的對話。我聽到警察對伊野這麼說。」

伊野是我們的體育老師，我記得他也身兼田徑隊的顧問。

「澤野死在倉庫的最裡面，你們知道的，就是放運動大會時用的入場拱門和拔河繩的地方，就在那附近。很少人會走到那裡去，對吧？所以大家不管是爲了準備班級競賽，或是因爲社團活動走進體育器材室，都沒有人發現澤野就死在裡面。你們知道吧，就是那裡啊。」

加藤壓低嗓音。

「旁邊就是女生更衣室啊。靠更衣室的那面牆上被挖了一個小洞。澤野就死在洞的正下方。」

我們都倒抽了一口涼氣。加藤看到大家的反應，更小聲地說：

「澤野在偷看女生換衣服時被殺死了。」

隨著時間經過，關於案件的詳細狀況愈來愈明朗。澤野死亡時間點是在他失蹤之後，然而與其說他是失蹤之後死亡，不如說是因爲死亡，才被認爲行蹤不明。澤野的頭部遭到重擊，導致顱骨骨折及腦內出血，是致命傷。屍體旁邊掉落一支和他頭部傷痕吻合的金屬球棒，上頭沒有採集到任何指紋。從這幾點，警方判斷這起案件爲他殺，凶手仍逍遙法外。等等

但比起警方的說明，澤野剛被發現時的謠言，最令人印象深刻。

澤野在偷窺時被殺死了。

牆上有一個洞，下方躺著澤野的屍體，除此之外還眞想不到其他解釋。一開始還流傳著許多謠言，到現在還能讓大家津津樂道的，就只剩這個話題。今天在麥當勞，大家又聊起這件事。

「澤野同學怎會做這種事？」佳代又說了一次，「眞令人不敢相信。」

今天開始進入中元假期，暑假的社團活動也暫時停止。雖說升上高中二年級，但還不到準備大學考試的時候。本來大家約好要一起去看電影，卻在這裡聊起那個案件。

「對啊、對啊。」加奈子附和，「澤野同學感覺是那種清心寡欲的人，不像會偷窺人

家換衣服的那種人，妳們不覺得嗎？」

「如果是魚住的話，就另當別論了。」

大家齊聲大笑。魚住也是班上同學，是一個死氣沉沉，不知道腦袋在想什麼的男生。他的成績不輸澤野，但老板著一張臉，人緣不好，非常不受女生歡迎。相反的，人高馬大，人緣又好的澤野，則受到大家喜愛。但令人意外的是，這兩人的交情非常好，這件事被全校女生定義爲學校七大不可思議事件之一。

「眞是幻想破滅。」祐美有些做作地嘆了一口氣，「與其說幻滅，不如說恍然大悟，原來男生都一樣。」

「本來就是，男生都是色狼。」美野里感慨甚深地說。

「哦，眞不愧是經驗豐富的大姊姊。」

「笨蛋，妳說什麼蠢話。」

「話說回來，這不就代表我們都被偷看了。」

「這是當然的，不看我要看誰？」

「沒人在問這個啦。」

「欸，說不定凶手就是因爲被偷看，挾怨報復……」

「咦——這麼說凶手是女的？」

「我覺得不可能。」

從剛才一直沉默不語的薰突然開口，大家的視線集中在她身上。薰神情緊張地繼續說：

「因、因爲，哪有人爲了要報復被偷窺，就殺死對方。而且我覺得凶手應該也是來偷看的才對。」

「什麼？」

「啊，我懂了。」佳代舉手，「很少人會去那個地方，對吧？所以才有辦法偷窺啊。因此不是只有澤野同學知道要從那個洞偷窺。可能他在偷窺的時候，凶手進來器材室，然後用球棒，鏘！」佳代做出把球棒往下揮的動作。

「哦哦，名偵探！」大家鼓掌。佳代抬頭挺胸，至於薰則是低頭不語。我在一旁看到她的模樣，決定起身。

「我要回去了。」

「什麼？不一起去看電影嗎？電——影——」

「嗯，我待會有事，下次吧。」

好，掰掰。道別之後，我走出麥當勞，深吸一口外頭的空氣，又嘆了一口氣。

——總算逃出來了。

我討厭關於澤野的那則傳聞，有必要這樣調侃死去的同學嗎？不過就是偷窺而已，就算被人發現，頂多挨一頓揍就解決了。因爲他是正在偷窺的時候被殺，所以容易給人一種錯覺，好像他幹了什麼大壞事似的。可是這樣不就等於否定了澤野的人格嗎？我不想加入那樣的談論。

我微微伸個懶腰，正在往前走時，忽然感覺到後面有人。我轉頭一看，原來是薰。

「咦，妳也出來啦？」我向她搭話，薰點頭說：

「我不喜歡那個話題。」

「我也不喜歡。澤野同學都已經死了，幹嘛還一直講，對不對？」

薰沒說話，只是點點頭。她還是一樣老實乖巧。她在班上總是沉默寡言，非常不起眼，只不過班上的男生都沒發現，身材嬌小、個性乖巧的薰其實是個美女，而且「該有的都有。」這些男生眞是太傻了，應該要趁這個機會追求她，絕對可以換來一段快樂的青春時光。

「我要回家了。」薰說完，朝和我相反的方向離開。

薰最近顯得無精打采。她這次期末考的成績很差，大概因爲如此，所以心情很低落吧。

——還是說薰喜歡澤野？

我多看了幾眼她那寂寞的背影後，朝著和她相反的方向離開。我接著想到一件事。不管是陷入騷動的班上同學，或是可能暗戀澤野的薰，大家都沒發現這件事。今天剛好是澤野去世滿一個月的日子。

我回到家，換上制服，捧著媽媽替我買的一束花出門，朝學校走去。我並沒有喜歡澤野，他也不是我最要好的朋友；但是我應該有資格當一個哀悼他死去的朋友。我身邊的朋友全都熱衷於把澤野的死當作八卦談資。我和他們不一樣，所以我要帶一束花去。我充滿自信，踏著威風凜凜的步伐，朝學校走去。

抵達學校一看，案件剛發生時大批駐守在此的警察與媒體已經完全撤走，我可以放心地穿過校門。

因爲中元假期的關係，學校裡空空蕩蕩。我走進校舍，往老師辦公室旁的值班室走去。放假時，學校的鑰匙統一保管在值班室。澤野剛被發現的時候，體育器材室的門鎖壞掉了，誰都可以自由進出。之後學校換了一個新鎖，所以一定要去值班室借鑰匙，否則無法進入體育器材室。雖然覺得麻煩，不過至少不像之前那樣被警察擋住，誰都不能進去，現在只要拿鑰匙開鎖就能進去。

幸運的是，今天負責值班的是班導伊野，他正躺在床上讀文庫本。我打了聲招呼，老師懶散地挺起上半身。

「體育器材室？」

伊野老師面露訝異，但一看到我手上捧的花束，便點點頭。不過他沒有去拿鑰匙，反倒說，鑰匙被借走了。

「鑰匙被魚住拿走了。」老師說，「那小子也帶著一束花來。」

我滿腹狐疑地離開值班室。那個魚住會獻花給同學？——眞令人不敢相信。我猶豫著該不該去體育器材室。只是既然都來了，還是去獻個花好了。不過一想到魚住也在那裡，就有點提不起勁。我對魚住沒有特別的偏見，只是覺得和他沒什麼好聊的。

唉，沒辦法。快去快回，和澤野打聲招呼後，就立刻回家吧。我在腦中思索著這些事，不知不覺就走到體育器材室前面了。就在我把手搭在大門門把上的瞬間，忽然想起一件事。

凶手仍然逍遙法外。

——凶手應該也是來偷看的才對。

——如果是魚住的話就另當別論了。

剛才大家在麥當勞的對話從我腦中閃過。

不是常聽說，凶手通常會回到案發現場觀看。假如魚住就是凶手的話……腦中閃過這個念頭的瞬間，我卻步了。這時，眼前的大門忽然打開。

我的心臟差點停止，魚住出現在我眼前。

「……喔，是橋本啊。」魚住說。他的聲音還是一樣，沒有感情、沒有抑揚頓挫。

「爲什麼妳會來？」

魚住的視線落在我手上的花，接著便像伊野一樣點了點頭，「澤野、嗎……」

這時我終於有時間喘口氣，看清楚魚住的表情，只見他臉上毫無動搖，只說了句「再見。」便從我身旁穿過。

我轉頭目送魚住背影，看到他手上好像拿著什麼。仔細一看，原來是筆記本和捲尺。

雖然我無法完全掌握目前的狀況，但總算可以進去體育器材室。而且不用擔心得單獨和魚住兩人待在器材室這件事，眞是太好了。

但剛才魚住看到我的反應既不驚訝，也不緊張。假使那傢伙是凶手的話，應該會更驚訝才對。難道他單純只是來獻花給澤野？對了，他和澤野的交情很好。

我繞過整理架，來到案發現場。確實如加藤所說的，這裡是死角，平時根本沒有人會繞到這裡面來。這一帶的空氣非常混濁，但已經沒有加藤同學說的腐敗氣味。沒想到學校連換氣都做了，設想得還挺周到的。

我看向牆壁。在那面分隔體育器材室與女子更衣室的木板牆上，確實被挖開了一個小洞，應該就是傳聞中的那個洞。現在女子更衣室那頭的牆上已經釘上一片新木板，已經無法看到另一頭的樣子，但這一頭依舊留著這個洞。大概是警察的指示吧。我試著湊近窺看，發現那個洞挖得有點低，刻意把腰彎得低一些的話，勉強可以看到。這個洞似乎被鑿開沒多久，裡面還殘留大量挖洞留下的木屑，大概是用錐子之類的工具挖的，是一個直徑約三公釐的小洞。

我把目光落在泥土地面上，上面被人用粉筆畫著一個人形。應該是警察畫的澤野的輪廓吧。

成績優秀，人緣又好的澤野現在只剩下一道輪廓。

想到這點不禁悲從中來。我來這裡的目的本來有點意氣用事，不過是爲了表現自己和那些把澤野的死當成八卦話題的同學不一樣。但實際到了現場，我才眞正爲了澤野的死感到難過。人形的旁邊放著一個小小的花束，大概是魚住拿來的。我蹲下，把我的花束與它並排，並雙手合掌。我開始回想起記憶中的澤野。

大概因爲這樣，我才沒注意到腳步聲。

「……橋本同學。」

突然有人從後面叫我，這次心臟眞的差點停掉了。我急忙轉頭，結果一屁股跌坐在地上，原來是魚住。

「我想鑰匙還是直接交給妳好了。」魚住若無其事地說，「我要回去了。」

我按著心臟差點停止的胸口，直接坐在地上。居然被這傢伙嚇了兩次，雖然知道對方並沒有惡意，但還是覺得不服氣。

「我也要回去了。」我站起來說。魚住只回答了一句，「這樣啊。」我們的對話就這麼結束，體育器材室陷入一片寂靜。我對這種沉默最沒輒了，這種安靜對差點停止跳動的心臟不太好。實在受不了，我忍不住先開口，「那個……」

「什麼？」魚住轉頭看我。我並沒有特別想說什麼，只好急忙找個問題搪塞過去。

「那個是什麼？」我指著他手上的捲尺，實在是找不到其他話題了。

「捲尺。」

「我知道是捲尺啦。」

「我剛在量尺寸。」

「尺寸？這邊的？」

「嗯。」

「爲什麼？」

魚住沒有回答，反而直盯著我看，接著緩緩開口：

「妳覺得澤野是那種會偷窺別人的人嗎？」

「什麼？」一瞬間，我無言以對。

「那傢伙沒有偷窺別人。」

我不知該怎麼回答他，只好保持沉默。

「但是每個人居然都相信澤野偷窺別人。身爲他的朋友，我感到非常意外。」

我有點驚訝，沒想到會從這個男生口中聽到這樣的話，而且他來這裡的理由居然和我一樣。

「可是……」我開口。我並沒有反對他的意思，但不自覺說出可是之後，後面便接著與我本意相反的內容。

「從現場狀況來看，這是最自然的推論啊。」

「自然？」魚住語氣輕蔑地說，「自然個屁。」

聽他這麼說，我修養再怎麼好，也忍不住生氣。

「不然你說應該是怎麼樣？」

「還不知道。」

「什麼意思？」

「我只調查過這個房間，還要再調查過隔壁的房間才能做出結論。」

「隔壁？」他指的應該是女子更衣室吧。

「沒錯，妳可以去隔壁幫我量尺寸嗎？」

魚住突然這麼說。

「妳看，就像這樣。」魚住攤開筆記本上頭詳細畫著體育器材室的平面圖。那個洞的位置被打上一個紅色圓圈，旁邊字跡工整地寫著『洞在這裡，高度一百二十公分。』被鑿洞的那面牆隔壁則是一片空白。看來魚住就是想填補這片空白。

這傢伙的腦袋到底在想什麼？我原本鬆懈下來的警戒心再度湧上心頭。我沒有回答他，往後退了一步。

魚住大概把我的後退視為拒絕，只見他輕嘆一聲，闔上筆記本。

「沒想到橋本同學也和大家一樣……」

我頓時全身血液沸騰。和大家一樣？不就表示我和那些把澤野的死當成八卦的傢伙沒有兩樣？錯了，我不一樣。我才不要被這種男生誤會，被當笨蛋。

「我去量。」我毫不猶豫地回答。

魚住咧嘴一笑。

「謝謝。」說完，他把捲尺塞給我。雖然我心中多少有受騙上當的感覺，但答應別人的事就要做到。只是……

「量了之後又能怎麼樣？」

「還不知道。」魚住又說了一樣的話，「要看測量的結果才知道。」

「什麼意思？」

魚住又直盯著我看。其實我一點也不清楚魚住到底是個怎麼樣的人。至少，我從不認爲他是那種會用如此堅定的眼神看人說話的性格。我忍不住轉開目光。

「妳想想，這樣的狀況到底自不自然？」魚住說，「澤野什麼時候死掉的？」

突然被這麼一問，我愣了一下。

「呃……剛好一個月前，所以是七月十二號，對吧？」

「沒錯，不過日期不重要。問題是，那天正好是期末考。」

他說的沒錯。今年期末考的時間比往年晚，從七月十一號開始連考五天。這次的期末考我考得不錯，最後一天的數學，我拿到從我進高中以來第一次的滿分。這不是重點，重點是我對這次的期末考印象非常深刻。因爲澤野自從考完第二天的最後一科英文之後，人就不見了。到底發生什麼事？

「妳不覺得很奇怪嗎？」

「哪裡奇怪？」

魚住擺出一副「敗給你了」的表情繼續說：

「聽好了，期末考的時候不用上課，體育課也不例外。而且連社團活動都沒有，有誰會在這種時候去女子更衣室換衣服？」

「……咦？」

「澤野明知道沒有人換衣服也要偷看嗎？還是說看到誰正要去換衣服，所以急忙趕去偷看？更衣室的位置又不是在教室和校門之間。」

我無法回答。他說的一點都沒錯。

「就算澤野打算偷窺，也不會選在那一天去。我想這幾乎是確定的答案，妳覺得呢？」

「……對耶。」我只能這麼說。

「這樣妳還覺得自然嗎？」

「……」我頭垂得低低的，我輸了。

「那麼就拜託妳了，可以的話盡量在這兩天內測量好。」

「爲什麼？」

「不快一點的話，社團活動又要開始，不會像現在這麼安靜了。」

魚住說完，把鑰匙遞給我後，就離開器材室了。

隔天，上午十一點。我用校門口的公共電話打給魚住。我是那種說到做到的人，所以今天一大早就跑到女子更衣室量尺寸。

女子更衣室沒有上鎖，所以不用去值班室借鑰匙就能進得去。雖然到達更衣室之前必須先經過老師辦公室，幸好現在是中元假期，連老師辦公室也是空無一人。於是，我順利達成目的。完成這趟小小的冒險後，我本來挺有成就感的，但隨著聽筒傳出撥號聲，我的心情愈來愈沉重。真是的，好不容易有機會打電話到男生家，爲什麼偏偏是魚住，真悲哀。

「喂。」剛睡醒的聲音。這個臭男生，居然讓女生一大早去工作，自己卻在家裡睡大頭覺。

「我是橋本。」我壓低嗓音說，「我量好了。」

「動作還真快。」魚住邊伸懶腰邊說，「我馬上過去，等我十五分鐘，好嗎？」

「好啦。」

「十五分鐘後見。」

魚住自顧自說完後，立刻掛斷電話。我用力地把話筒掛回去。我知道這傢伙爲什麼不受女生歡迎了。就算做做樣子也好，正常來講，這時候應該要表達一點感謝之意吧。

當我正考慮要怎麼打發等魚住過來的這段時間，忽然看到一個面熟的人走進校門，我大聲對那人喊：

「薰——」

薰嚇了一大跳，像我昨天一樣，手撫著胸口並轉頭看我。有必要這麼驚嚇嗎？

「原、原來是橋本啊，妳不要嚇我啦。」

我走向她時，她生氣地對我說。她手上捧著花束。

「妳該不會是來向澤野獻花的吧？」

薰低頭，「……嗯。」

什麼嘛，晚了一天才要來做和我昨天相同的事情嗎？

「我昨天也來了。」

「這樣啊。」

「抱歉，昨天應該邀妳一起來。」

「哪裡，我昨天剛好也有事……」

薰一直低著頭。這小妞果然還是喜歡澤野嘛。大概覺得被發現自己帶花來，所以害羞吧，和我帶花來的動機完全不同，就純眞的程度來說，我輸她一大截。

「可是，」薰抬頭，「妳昨天才來過，爲什麼今天又來？」

「這說來話長。」我把昨天發生的災難告訴她，「所以我才在這裡等魚住來。」

「喔……」薰只應了這麼一聲。什麼嘛，人家本來還期待她多少會表達一點同情之意。

「魚住差不多快來了，我們一起去體育器材室吧。」我說完，薰的視線移開了。我順著她的視線看過去，原來是魚住來了。我低頭看手表，剛好十五分鐘。

魚住打了一個愚蠢的招呼，「早啊。」現在都已經快中午了。

魚住看到薰，和她拿在手上的花束時，眉頭一皺，不發一語。我們一起去值班室借鑰匙，接著再一起去體育器材室。

走進體育器材室，薰先在案發現場獻花，接著來回看著我和魚住。不知道她在意的是我們打擾到她，害她無法好好沉浸在回憶澤野的氣氛中，還是剛好相反，怕打擾到我們兩個？拜託好不好，我都快吐了。

薰大概是覺得差不多了，起身看著我。

「給我看平面圖，好嗎？」魚住說，彷彿薰不在這裡。我很想對他說「你多少要考慮到別人的心情吧。」但還是把筆記本遞給他。

我們三人開始找幾個可以當椅子的東西坐下。魚住取出自己的筆記本，接著開始對照體育器材室與女子更衣室的平面圖。

「有什麼結論了嗎？」

我這樣問他的語氣中不自覺地帶點揶揄。雖說如此，我還是有點期待他能破解疑點。因爲昨天魚住輕輕鬆鬆就點破事件的不自然之處，我居然完全沒有察覺那些疑點。今天他又會說出什麼新的推論？我期待的正是這個。

沒想到魚住卻只說，「再等我一下。」他的視線從未離開過筆記本，我們只能繼續在旁邊乾等。我側眼看薰，她低著頭。

「我昨天又想了想，」閒得發慌的我開口，「考試那天根本沒有人會使用更衣室啊，爲什麼沒有人想到這件事？」

魚住視線朝下地回答，「妳不是也沒有想到嗎？」

這傢伙淨說些惹人厭的話。

「是沒錯啦，可是全校學生居然都沒人想到，這點我覺得有點奇怪。」

「一定有人想過，只是沒有人願意從這個出發點思考。」

「爲什麼？」

聽到我的問題，魚住終於抬起頭來。

「因爲就八卦的角度來說，與其說澤野沒有偷窺，不如說他偷窺了比較有趣，不是嗎？」

我無言以對。魚住對於那些把澤野的死當成八卦的傢伙非常反感，這點和我相同。雖然相同，但他的態度比我更徹底，我沒辦法說出那樣的話。

「……警察呢？」

薰首次開口，魚住把目光轉到她身上。

「那還用問，他們一定發現了吧。」

「那他們為什麼不說出這件事？」

「警察的目的是查明眞相，不是洗刷澤野的汙名。直到破案之前，他們不會公開發表任何消息。」

魚住乾脆地這麼說。我想他應該相當徹底地思考過這個案件。他的目的是「洗刷澤野同學的汙名」。

「可是你為什麼這麼執著這件事？」

「偷窺絕對不是澤野的興趣。那傢伙當然也不是什麼正人君子，但他只會對特定對象表現出好色的一面。那傢伙是我的朋友，就算現在也是。因此我想消除任何關於他的不實謠言。」

我無話可說。一直以來，大家對魚住的印象是「陰沉的自私鬼」，但是這個形象已經在我心中完全瓦解。

「……這條管線」魚住把筆記本轉過來給我看，「為什麼在這裡？」

魚住指的是女子更衣室牆上的管線，從地板露出來，沿著牆上爬到天花板，由於下方有一個轉彎，所以牆面必須空出一個比管線寬很多的空間。整個牆面只有空出來的這塊空間無法擺放置物櫃。被鑽開的那個洞就緊鄰管線旁邊。

「不知道，大概是通到二樓的水管或瓦斯管線吧？」

二樓是放置舊資料的倉庫，現在已經沒有人會去那裡。據說那裡以前是體育老師的辦公室，換句話說，這條管線在過去確實有可能是水管或瓦斯管。聽我說明完後，魚住只說了句「原來如此。」

「結果怎樣？你知道什麼了嗎？」

聽我這麼問魚住點頭。

「差不多了。」

薰反射地抬起頭。

「首先，那個洞究竟是不是澤野挖的……」魚住開口，「就結論來說，不是那傢伙挖的。」

他直截了當地如此斷定。

「為什麼你知道？」我覺得很神奇，為什麼看了那張平面圖就能確定？魚住微笑說：

「很簡單，妳不懂嗎？」

「我怎麼會知道，我又沒有比較過兩邊的平面圖。」

魚住搖搖頭，「不，不用比較。」

「什麼?」我被他搞糊塗了。

「看那個洞的高度就知道。」魚住站在牆壁旁，指著那個洞。

「一般來說，偷窺者在挖洞時，一定會挖在適合自己高度的位置。澤野個子很高，相較之下，妳不覺得這個洞挖得太低了嗎?連我都覺得這個洞挖得太低，更不用說澤野了。他如果是要挖洞偷窺，爲什麼要挖得這麼低?」

我目瞪口呆。對了，昨天我曾試著從這個洞窺看，就連我的身高都得要彎得很低才看得到，換成澤野，非得要像老婆婆一樣彎腰才看得到吧。雖說如此，坐著偷看似乎又嫌太高。洞挖在這個地方的確很不自然。

「妳覺得呢?」魚住又問了我一次。說是問，其實比較像催促我同意的語氣，我點點頭。

「第二個問題」魚住接著說，「這個洞會不會是某個矮個子挖的，澤野剛好用它來偷窺?」

這次我沒插嘴。看來魚住已經有結論了，我還是別多嘴，打斷他揭曉謎底的進度。

「澤野根本沒用它偷看，應該說，根本沒有人透過這個洞偷窺。」

「什麼?」

「妳看這個洞，被人用錐子挖洞時產生的木屑還留在洞裡面。妳不覺得很奇怪嗎?」哪裡奇怪，這個洞是新挖的，裡面當然會殘留木屑。

魚住搖搖頭。

「一般來說，用錐子挖在木板上挖洞後，應該朝著洞口吹氣，吹掉木屑，否則怎麼看得到對面？但這個洞裡面卻還殘留木屑，所以即使挖這個洞的目的是爲了偷窺，實際上卻無法使用。」

語畢，魚住從背後的架子拿出錐子，我還來不及阻止時，他已經在牆上挖洞了，就在那個洞穴的正上方。挖穿後，魚住從洞中拔出錐子。

「妳看。」

我往新的洞一看，確實都被裡面的木屑擋住了，根本看不清楚另一頭的樣子。我再把視線移到舊的那個洞上，洞內木屑的狀態和剛開的洞裡面差不多。接著，我用力吹掉新洞的木屑之後，可以清楚看見另一頭的狀況。原來如此，我完全了解魚住的意思了。話說回來，這傢伙還眞是亂來，這下子要怎麼跟老師解釋？

「就是這麼回事。洞不是澤野挖的，他也沒有透過這個洞偷窺，所以那傢伙是清白的，懂了嗎？」

「嗯……」我點頭。我確實理解魚住說的話。懂是懂，不過總覺得哪裡怪怪的，我開始找原因，而且我很快就找到了。發現原因的瞬間，我忍不住拉高嗓音說：

「等一下！這麼說來，你這些事情昨天就知道了嘛。」

沒錯。魚住剛才說明的內容，都是從這邊的洞觀察就能得出的結論，根本不需要知道女子更衣室的格局。既然如此，爲什麼他要叫我畫更衣室的平面圖？

魚住在臉前豎起右手，擺出道歉的動作。

「抱歉、抱歉，我想留一些疑點的話，妳會比較願意做，而且我想知道另一面的格局長什麼樣子。」

「爲什麼？」都已經這個時候了，總不可能還有什麼居心不良的想法吧。

「嗯……」魚住支支吾吾地抬頭看天花板。這傢伙到底在想什麼？他昨天就知道澤野是清白的。所以魚住思考的是下一個階段，也就是說——

「……你知道凶手是誰了嗎？」我悄悄問他。

「這個嘛。」魚住曖昧地點點頭，「在這之前，有一件事我還搞不懂。」

「什麼？」

「一開始，我一開始聽到案件的內容時，覺得有兩個地方很奇怪。」魚住說，「第一點，我不相信澤野會偷窺別人。但這個疑問，只要實際來到現場就立刻迎刃而解。」

我默默點頭。關於這點，魚住剛才已經說明過了。

「另一個問題是，要怎麼挖出這個洞？」

「什麼？」我不由得反問。實在不懂他的意思。

「正常來說，更衣室這種地方，」魚住繼續說，「裡面只需要置物櫃和換衣服的空間，所以牆邊應該會擺滿置物櫃，櫃子之間不需要留空隙。牆上這個洞會讓澤野背上偷窺的汙名，是因為透過這個洞，可以看見隔壁那頭。換句話說，更衣室的置物櫃之間有一道空隙，我想不通為什麼要留空隙，所以才拜託妳幫我畫出平面圖。看了圖之後才知道，原來有一根奇怪的管線擋在中間，所以整排的置物櫃中才會有一個地方出現空隙。置物櫃之間有空隙，而空隙的牆上有洞，這樣就能偷窺了。這樣邏輯就說得通了。」

我沉默不語，這有什麼特別的嗎？魚住露出對我的反應很失望的表情，繼續說：

「我感到不解的是，『挖洞的那個人怎麼可以精準知道女子更衣室的哪個地方——剛好有一個可以用來偷窺的空隙？』一定先要知道這個情報，才會想到可以挖洞偷窺，對吧？」

「欸……」突然被這麼一問，我頓時語塞，「這個嘛，可能他是跟某個女生打聽到這個情報吧？」

魚住緩緩搖頭，「我一開始也這麼想。但實際上光是靠『女子更衣室牆上有一道縫隙可以用來挖洞偷窺』這樣的情報，就有辦法在牆上挖洞嗎？這面牆壁上，沒有其他的孔洞，意思就是挖洞的那個傢伙必須一次就命中，不許失敗。這種事情有可能嗎？這已經不是可能性的問題，而是實際層面的問題了。妳覺得呢？」

我想了想，實際上，要在牆上鑿一個洞該怎麼做？想要挖洞，只要一根錐子就能簡單鑿開。但在這之前，必須先知道可以開洞的位置，而知道這個位置的方法……魚住直接說出答案：

「有兩個方法。第一個就像我們做的，測量這面牆壁兩邊的格局，透過精準的數值決定挖洞的位置。另一個就是有人先在更衣室那頭，敲打牆壁，讓這一頭的人知道挖洞的位置。不管哪一個方法，挖洞的人都需要一個能夠進入更衣室的人的協助。」

魚住到底想說什麼？

「……你的意思是，有女生幫他嗎？」我謹慎地說。

「沒錯。」魚住毫不猶豫地說，「要挖這個偷窺用的孔洞，必須要有女生協助。」

我搖搖頭，心想怎麼可能有女生會這麼做。但薰卻說，「會不會那個女生有什麼把柄落在那人手上？」

魚住嘆了一口氣，「妳覺得我們男生就真的這麼想偷窺嗎？」

這也有道理，又不是計畫殺人，只是想偷窺的話，不可能做到這種地步吧。

「再說，偷窺這種事就是要不被知道才有樂趣，想偷窺的人不太可能邀女生加入這個計畫。」

原來如此，有道理，可以接受。「可是沒有女生參與，要怎麼挖出這個洞？」

我真是愈搞愈糊塗了。

魚住輕描淡寫地說，「根本沒辦法挖。」

「你說什麼？」

「一般來說，男生根本不會知道那面牆有可以用來偷窺的縫隙。就算知道，實際上也很難實際付諸行動。總之，光靠男生是無法知道可以挖洞的正確位置的。那些會說什麼只要有心就一定做得到的人，都是些只會出一張嘴的傢伙。」

「那到底是……」

「聽好了，」魚住又用他那堅定不移的眼神看著我，「因爲妳一直朝『男生』『從體育器材室這邊』挖洞的方向思考，才會得出不可能挖洞的結論。試著轉換角度，變成『女生』『從體育器材室那邊』挖洞，事情就變得簡單多了，不是嗎？」

「什麼──？」我忍不住道。這樣想確實比較簡單……「你剛不是說女生才不會幫忙！」我不由得大聲地說。

「不是爲了偷窺。」魚住苦笑，「如果是女生挖洞的話，我想應該有別的目的。」

「……會不會有男生偷偷闖進更衣室？更衣室又沒有上鎖。」薰悄悄地說。原來如此。要上體育課或社團活動之前，大家會把貴重物品集中寄放在老師那裡，所以更衣室根本沒有門鎖。其實沒有裝設門鎖的眞正原因，是因爲學校怕有學生在更衣室裡面霸凌吧。所以男生只要想進更衣室還是進得去，但魚住卻搖頭否認說：

「這個方法我考慮過了，可是要走到女子更衣室之前，一定要經過老師辦公室。除了這條路，沒有其他條路可以通往女子更衣室。而且老師還不會時抬頭注意窗外走廊的動靜，男生要走到那裡恐怕有點困難吧？」

說的也是，這個設計不知道是不是爲了確認放學後，有沒有學生逗留在學校，總之女生對更衣室的位置一直頗有微詞。難道說，那個洞眞的是女生挖的嗎？

「可是就算眞的是女生挖的，又是爲了什麼目的？」

「不知道。」魚住很乾脆地說，「但是假使這個洞和案件有關的話，那又另當別論了。現在有兩個狀況，一個是女生挖這個洞的目的不是偷窺，第二個是這個洞的下方有一個人死了，要說這兩件事情有關聯，倒也不是謬論，只是必須先考慮一項因素。」

「什麼？」

「澤野爲什麼來這裡？照理說，這天他應該是直接回家準備明天的考試，他爲何要來這種地方？」

我差點要脫口而出說，「爲了來偷窺啊。」但急忙把話吞回去，這個推論剛才已經被否定了。結果我還是想不出其他可能，只能默默搖頭。

「我是這麼想的。」魚住說，「在那天，這地方是什麼狀況？期末考期間，這地方應該安靜得像墳場一樣。所以澤野來這裡的目的，就是爲了避人耳目。」

「然後呢？」

「我認爲這是一件他不想讓別人知道，卻又十分要緊，比考試讀書更要緊的事。雖然不知道他來這裡說了些什麼話，但澤野說的話確實激怒了凶手。」

我吞了口口水，終於要進入核心了。

「我猜那個洞應該是凶手挖的。而且澤野和凶手在那個時間點選擇在這裡見面，這表示澤野和凶手的關係匪淺。」

我回想起剛才魚住說的，「那傢伙當然不是什麼正人君子，但只會對特定對象表現出好色的一面」

「我不知道凶手平時對澤野有什麼感覺，只知道事情發生時，凶手必定非常痛恨澤野。如此一來，就能解釋凶手挖洞的目的。澤野人緣很好，但凶手卻認為，澤野才不是大家想像的如此值得稱讚的人，所以故意設局讓大家以為澤野是一個會偷窺女生換衣服的人……」

我啞口無言。魚住的推論已經遠遠超乎我的想像。

「你是說，澤野同學被人設局，讓人以為他在偷窺？」

魚住點點頭，「我是這麼想的。凶手恐怕不是一時興起想到這個方法，而是事前就把洞挖好。接著，她接著打昏澤野，之後再假裝自己『要去更衣室拿忘記在那裡的課本』，並『碰巧』發現那個洞，叫老師過來看，這應該是凶手事先擬好的劇本。而且她早就做好準備，不在球棒上留下指紋。只是，我想凶手並沒有殺死澤野的打算。『讓對方丟臉』這件事，必須是想陷害的對象還活著才能成功。但事情的發展卻出乎凶手意料。她一揮棒，澤野就被打死了。這是當然的，又不是漫畫或小說，有多少人會曉得把人打昏應該用什麼樣的力道？這下子，凶手別妄想叫大家過來看，讓澤野丟臉了，她只得偷偷摸摸地跑回家。這個愚蠢的凶手本來想用幼稚的計畫陷害澤野，結果卻不小心殺了他。這大概就是事情的眞相吧。只不過對凶手而言幸運的是，她挖的洞確實達到她的目的，大家都認爲那個洞是用來偷窺的，然後更進一步推論凶手也是來偷窺的。換言之，只要大家認爲凶手是男生，身爲女生的凶手，一開始就可以被排除在嫌疑之外。」

魚住輕描淡寫地說。

我終於了解魚住的意圖。對魚住來說，澤野被冤枉這件事根本洞如觀火。打從一開始，魚住感興趣的，就是事件的眞相。他早就這麼認爲，只是想得到更確切的證據證明那是女生挖的洞，所以才要我去測量更衣室，比較體育器材室與女子更衣室的格局。

可是魚住爲什麼這麼想知道眞相？

魚住之前是這麼說的，「警察的目的是查明眞相，不是洗刷澤野的汙名。直到破案之前，他們不會公開任何消息。」

換言之，直到案件解決爲止，澤野被冤枉的事實根本無法公諸於世。就算人緣不佳的魚住再怎麼努力解釋，大家應該也不會接受，一定要透過警察正式宣布。在此之前，澤野必須被當成八卦的話題，就像昨天在麥當勞那樣。魚住不喜歡這樣，他希望盡早恢復澤野的清白。爲此，他必須解決這個案件，甚至不惜利用平時和他沒什麼交情的我，只希望能盡快查明眞相。

我忽然覺得很感動。不是對魚住解開案件眞相的能力，而是對他爲了儘快還給澤野清白的行爲。

「……證據呢？」薰細聲道，「你有證據嗎？」

魚住轉頭看薰。他直盯著薰的眼睛，她迅速避開他的目光。

「沒有，剛才說的都是我的想像，妳聽聽就好。只不過假如我的推測是眞的，可以從幾個方面鎖定凶手。凶手是我們學校的女生，身高……洞的高度是一百二十公分，所以她大概是一百五十公分左右吧。以女生來說，算是嬌小的。再來就是考試成績。殺人之後，她不可能還能平心靜氣地考試。事件發生在期末考第二天結束之後，所以凶手在第三天以後的考試，應該會考得很不好。再來就是她和澤野之間有某種關係。我猜澤野應該正和凶手交往，而凶手也很喜歡澤野。當然，我沒辦法確認最後這點。」

我背脊發冷。凶手個子嬌小，期末考成績差，喜歡澤野……不就是薰嗎？我提心吊膽地轉頭看薰。她渾身發抖，抖到連站在一旁的我都看得一清二楚。

「我要回去了。」

薰說完，想要起身，但雙腳不停發抖，站不起來。魚住扶起她說：

「妳太累了，這裡空氣又不好。最好回去休息一下。」

薰大概是貧血發作，昏倒在魚住懷中。「唉，眞是的。」魚住低聲抱怨。他揹起薰，離開體育器材室。

「不知道保健室有沒有開？」

我們決定保健室沒開的話，就直接去找在值班室的伊野老師，可以跟他借保健室的鑰匙，或是直接在值班室休息。

我走到值班室時，剛好有個穿西裝的陌生男子從裡面走出來。那人發現我們，眉開眼笑地打招呼。

「喔，是你啊。」

「你好。」魚住回應他，似乎認識對方。那男人看著我們說：

「我是警察。」

是刑警嗎？爲什麼他現在會來這裡？刑警看見薰，微微皺起眉頭。

「她就是三上薰同學？」

「是的。」魚住簡短回答，聲音有些僵硬。

「她怎麼了？」

「貧血，我們正要送她去保健室。」

「這可不行。」刑警說完，轉身叫喚伊野老師。老師急忙走出來，看到我和魚住後，露出了些許哀傷的表情。

魚住把薰放在保健室床上，留伊野老師在一旁陪她。我們則和刑警一起走出保健室。

「我有事情想請教三上同學，所以剛才直接去她家拜訪。結果她家人說她去學校了，才來這邊看看。運氣不錯，正好碰上。」刑警說。

我渾身發抖地勾住魚住的手臂。我現在十分了解刑警說「有話想問她」的弦外之音。

魚住的推測是對的。

「你們三個人剛才在做什麼？」

我看向魚住，他面無表情。

「聊澤野的過去。」

刑警抿嘴一笑，「像是澤野同學其實沒有偷窺之類的嗎？」

魚住點點頭。

「刑警先生。」魚住看著刑警的眼睛說，「你會公開宣布這件事，對吧？」

刑警這次露出笑容。

「當然會，將眞相公諸於世是我們警察的工作。」

魚住深深呼出一口氣。這是我第一次看他露出放心的表情，他終於達到目的了。他的目的只有洗刷澤野的汙名。一直被我當作陰沉自私鬼的魚住，在所有人都不相信澤野的狀況下，成功證明了澤野同學的清白。

刑警應該也查明眞相了，他用非常愼重、眞摯的表情看著魚住說：

「眞想找一天好好跟你聊聊。」

刑警簡短地道別後，又走進保健室，留我們在外面。

眞是意外連連的暑假。我們拖著疲憊的身軀離開學校。我們回家的方向一樣，所以肩並肩地走在一起。我的右手還一直勾著魚住的手臂，不知怎麼，不想放開。

到最後，我們也不知道薰和澤野之間發生了什麼事，也不知道誰對誰錯，也不曉得薰的動機。但能讓乖巧的薰做出這事，應該是發生很嚴重的事情。但事到如今，我也不想再去揣測她的動機了。

不過我還有一件事掛在心上。我盯著魚住的眼睛說：

「你一開始就懷疑是薰嗎？」假如是眞的，這傢伙簡直就是怪物。可是魚住搖搖頭說：

「怎麼可能。當然啦，全校學生之中，身材嬌小，這次考試又考壞的女生也沒有幾個。況且……」

「況且？」

「況且如果是她的話，澤野會喜歡她，一點也不奇怪，因爲她是一個好女孩。」

我訝異地看著魚住。這傢伙居然會說出這種話，眞令人意外。魚住靦腆地笑了笑，那是很好看的笑容。

既然有那麼好看的表情，平常就保持這樣不就好了——我暗暗這麼想。

院長室　EDS
緊急推理解決院

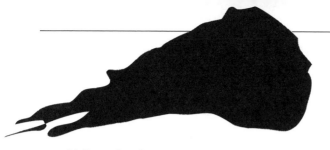

本篇是由二階堂黎人老師企劃編輯的「ＥＤＳ　緊急推理解決院」這本短篇集的其中一篇。本篇的主題爲把多位推理作家以相同設定爲基礎創作出來的推理短篇融入一篇作品，描述緊急推理解決院的一天。

我接到二階堂老師的邀請，希望我「串起所有作品」。所以我嘗試寫下這篇作品。這是我第一次按照別人的設定創作，過程有點辛苦，但充滿樂趣。若下次還有類似的企劃，我很願意再參加。

前言　二階堂黎人

日本過去由於犯罪率低，破案率高，因此成爲各國稱羨、世界首屈一指的安全國家；但如今已成爲神話。近年來，日本各地不斷發生凶殘的犯罪事件，警察的破案率急遽下降，治安的惡化成爲社會問題。

主因是泡沫經濟崩壞後的長期蕭條。因公司裁員和倒閉失去工作的人，受不了貧困逼迫，走上強盜、詐欺一途之類的案例層出不窮。政府的財經政策失敗也是導致貧富差距擴大的主要原因。其他，還有外國人非法打工的惡化，中國黑手黨擴張勢力中活躍、毒品蔓延、不斷發生的少年犯罪、高科技犯罪、網路詐欺等違法情事四處横行。除此之外，無動機殺人案件與離奇犯罪也接二連三出現。

總之，各種犯罪頻繁發生，而且手法愈來愈複雜，單靠警察調查這種傳統手法幾乎已經派不上用場。導致無法解決的案件急速增加。

特別是人口密集的大都會東京，發生血腥犯罪與窮凶惡極的暴力案件已是家常便飯。當然，警方也努力祭出各種手段，但完全無法遏止，不管是事件數量或死傷人數飆升。這樣下去，遑論恢復治安，整個東京將會逐漸淪爲無法地帶……

這時，東京都知事田沼重嗣以市民的安全生活爲優先考量，提出杜絕後患的對策。

田沼都知事首先大幅增加警察人數，展開撲滅犯罪的行動。其次，徹底對付黑道組織、非法打工者、中國黑手黨等，同時強化取締毒品以及違法藥物，切斷幫派組織金源。第三，針對深夜鬧區，積極實行輔導少年的計畫。

除此之外，還有一個最後的殺手鐧。田沼都知事承諾在新宿副都心的都廳附近成立「ＥＤＳ　緊急推理解決院」。

田沼都知事之前已在都內設置五處「Emergency Room」即「東京ＥＲ　急救醫療設施」，獲得極大成功。透過這項可以提早拯救人命、積極且具革命性的處置制度，在醫療最前線掀起一波前所未有的大革命。成立「ＥＤＳ」是繼「東京ＥＲ」之後，市民安全宣言的第二個計畫，可以說是對連任有強烈企圖心的都知事打出的最後一張王牌。

所謂的ＥＤＳ是「Emergency Dective Services」的縮寫。大膽借用身爲平民的名偵探的智力，儘快解決警察無法解決的懸案或難以理解的怪異事件——就是成立這個機構的目的。只要是威脅到市民安全的犯罪或任何難解的謎題，「ＥＤＳ」將三百六十五天、二十四小時，迅速提供諮詢、推理、解決案件、急救處置等服務。

ＥＤＳ就在日本舉國矚目之中，於前年——二〇〇二年十二月一日——開始營運。ＥＤＳ依照各個領域設置許多部門，如歷史推理科、女性推理科、不可能推理科、怪奇推理科、運動推理科、動物推理科、外國人推理科、小兒推理科、毒物推理科、民俗學推理科等，許多專職或兼職的名偵探師（福爾摩斯）與助師（華生）在此爲民眾服務。他們本著正義之名與消滅犯罪的心願，不分日夜高速運轉他們優秀的頭腦。

成立兩年以來，ＥＤＳ的成績超乎想像出色，市民的評價也非常高。ＥＤＳ一天平均可以解決一百多件懸案，破案率高達百分之九十五以上。包含警方辦案，東京都的年度破案率終於在去年由負轉正，這是十年以來首次出現的情況。

因此，任誰都認爲ＥＤＳ的活動與未來應該是一帆風順。許多人眞心相信，在名偵探的名推理的威勢之下，邪惡從此消失的日子已經不遠了。

但這樣的希望太過樂觀。

二〇〇四年十二月二十四日——聖誕夜的早晨——陰鬱的黑雲籠罩在ＥＤＳ上空。某個人物對ＥＤＳ抱持著強烈敵意，設計了可怕的攻擊。

這個危機逐漸醞釀爲危及ＥＤＳ存在的重大事件……

序幕

他一開始無法辨別這個震動來自何處。

十二月十七日，新宿警察署署長在二樓的署長室辦公。震動的幅度不大，假如他更專心工作，甚至不會察覺到震動。但署長在意的不是震動本身，而是同時發生的停電。

照明消失，電腦畫面消失。署長趕緊跑到窗邊，確認外頭的情況。交通號誌的信號燈還亮著，附近大樓的窗戶也透出亮光，看來這並非區域性的停電。署長拿起電話，想向警務課詢問狀況，但電話沒有訊號聲，顯然事有蹊蹺。一般來說，就算停電，電話也還能使用。

署長打算去同樓層的警務課，才走到門口，便聽見門外傳來激烈的敲門聲。署長一應聲，警務課的警官便飛奔進來。

「署長！一樓發生爆炸了！」

爆炸？

他瞬間進入備戰狀態。剛才察覺到的震動就是樓下的爆炸引起的嗎？可是那個震動那麼微小，若不是房間內太過安靜或許還沒感覺。說是爆炸，應該也不是大規模的爆炸吧。

署長想到這裡，稍微鬆了口氣，接著讓情緒激動的警官報告狀況。

「是小規模的爆炸，沒有人受傷或死亡。」

「嫌犯呢？拘留室的情形還好嗎？」

這是最要緊的，假使拘留的嫌犯逃走，東京一定會陷入大混亂，必須全力避免這樣種狀況。只見警務課員搖搖頭，「爆炸位置不在拘留室，沒有受到影響。」

署長稍微放心了。不過這樣就鬆懈下來的人，可沒資格擔任日本最大都市東京新宿警察署署長。他尚未解除內心的備戰狀態。「受損情況呢？」

警官顫抖地回答：

「爆炸發生在配電系統、電話交換機，以及備用發電機。這三個地方發生小規模的爆炸，導致所有機能停止運作。」

實在令人不寒而慄。無法使用電力、電話，對現代警察而言就如同武功全廢，無法將情報當成武器。這表示此刻都廳所在地的新宿，實際上失去了維持治安的機能，陷入癱瘓。

暫時陷入茫然的署長聽到手機鈴聲突然回過神來。液晶畫面上顯示來電者是丸之內警察署署長。

「──喂。」

「是我。」手機另一頭傳來耳熟的聲音。丸之內的署長和新宿署署長是警察學校時的同梯。兩人是推心置腹的好友，但同時也是最大的敵手。這個好友兼敵手，用著難掩緊張情緒的聲音說：

「我辦公桌上的電話不能用，只好用公家的手機打給你。」

「電話不能用？」

署長立刻察覺他話中的重點。

「沒錯。就在十五分鐘前，丸之內署發生炸彈攻擊。沒有人受傷，但電話交換機和發電機遭到破壞，實際上所有機能都癱瘓了。正當我忙著處理時，我這裡的年輕人跟我報告，新宿也有爆炸聲，所以我才打給你，想了解一下你那邊的狀況。現在怎麼樣了？」

新宿警察署署長握著手機，整個人呆住了。丸之內居然也發生爆炸，而且他們已經判斷這是一起炸彈攻擊事件。我們這裡也是嗎？

丸之內與新宿，這兩個日本中樞的區域，居然發生了以警察署爲目標的恐怖攻擊事件。而且都沒有出現死傷，只是癱瘓了警署的機能，這樣的攻擊擺明了是向日本治安宣戰。而且他有把握歹徒下一個準備鎖定的目標，就是在現代日本，對於治安維持的貢獻度不亞於警方，甚至超越警方的機構。它的所在地與新宿警察署近在咫尺——

署長馬上命令眼前的警官：

「立刻聯絡『緊急推理解決院』！」

署長吞了一口口水，接著說：

「那邊也淪陷就糟了。」

〔1〕AM08：30

按下錄音機的播放鍵，喇叭便傳出明朗至極的旋律。這是和寒冷陰暗的天空最不搭的曲子——收音機體操的主題曲。站在大家面前的是一般助師玉木洋子。前奏一結束，她精神抖擻地兩手往上伸。

「一、二、三、四。」

其他職員不甘不願地跟著雙手往空中伸展，全新的一天又開始了。

二〇〇四年十二月二十四日，早上八點三十分。在日本中央醫科大學附屬「緊急推理解決院」的四樓會議室中，爲了處理早上九點以後前來的委託人，早班的職員在此集合。現在是例行的收音機體操時間。文福周五郎院長在幾年前曾看過一份資料提到，「工作前做收音機體操，可以減低工作中發生意外的機率，提升工作效率。」他便要求職員這麼做。帶領眾人做操的是前女子摔角選手的玉木助師。雖然她因爲脖子受傷退休，但帶個體操還不成問題——其實這是保守的形容，她的同事亞披勒．賽史等人深信「她一定是被雇來當保鑣的。」是一位武力高強的職員。

「一、二、三、四！」

大概是已經暖身結束，玉木的動作愈來愈大。一群平時高深莫測的偵探師也跟著認眞跳了起來，這畫面眞是引人發噱。肌肉男錢山偵探師跳起來還不算太突兀，但連典型的不健康人物麻木偵探師也一臉正經地旋轉著上半身，眞令人好奇那些被他送進監獄的歹徒，看到他這個模樣會有什麼反應。

此時，他們正面無表情地做最後的深呼吸。雖說不被看出情緒是偵探的基本功，但有必要連做收音機體操都面無表情嗎？在這群性情乖僻的團體裡，只有一個小女生開心地做著體操。她外表看起來像是幼稚園生，就算是小學生，頂多只是低年級生而已吧。

收音機體操結束後，玉木回到隊伍中，接下來換一名拿著資料的黑髮女性站在大家面前。她是櫃檯主任上杉香織。

「各位，早安。」

底下職員小聲回應。

「首先是通知事項。十月實施的健檢結果出爐了。接受檢查的人待會兒請到總務那邊領取報告。」香織用充滿張力的聲音讀出資料內容。

「需要複檢的同仁請務必再次接受檢查。請不要逃避現實，要正視自己的健康狀態，特別是那些生活習慣很差的偵探師。」

底下傳來一陣笑聲。

「接下來，是晚班的交接事項——」

香織開始讀下一份資料。剛才還開開心心做著收音機體操的小女孩，意興闌珊地張望四周，似乎在找有沒有什麼好玩。她的視線落在某一點，眼睛張得大大的。她穿過一群認眞聽香織宣布事情的職員，朝通往走廊的門前進。門微開，女孩矮小的身子滑溜地穿過門縫。走廊上，有一個人正對她招手。

「啊——是大姊姊。」

少女往那人衝過去，猛地跳起來，身體輕飄飄地上浮。

「妳好，小百合。」

那人把手搭在女孩——小百合的腋下，將她抱起，與自己四目相對，「妳還記得我呀。」

「當然記得啊。」

那人看到小百合天眞無邪的表情，眉開眼笑地問：

「妳長好大了，幾歲了？」

「六歲。」

「唉呀。」說完，那人把女孩放回地面，「難怪變那麼重。」

「我又長高了哦。」女孩自豪地挺起胸膛，「現在已經是小學生了。」

「這樣啊，一年不見了，最近好嗎？」

「很好。」

「媽媽呢？」

「也很好。大姊姊好不好？」

「我也很好。」

「眞是的。」小百合鼓起臉頰，「大姊姊爲什麼突然不見了？」

「抱歉、抱歉。」她雙手合掌向女孩道歉，「這次搬家搬得有點急，來不及和小百合說再見。這一陣子又剛好比較忙，一直到今天才總算有辦法空出時間過來一趟。」

她沒說搬家的理由，也沒說明爲何今天會來這裡。

「這個就當作不告而別的賠禮──」

說完，她從肩上的大托特包中取出一個用紅色包裝紙包好的盒子，上面還貼著緞帶形狀的金箔貼紙。

「聖誕快樂！」

小百合雙眼閃閃發亮，「聖誕禮物嗎？」

「是啊，今天是聖誕夜啊。」

「哇！謝謝！可以打開嗎？」

「當然。」

女孩迅速撕開包裝紙，拿出一個熊貓形狀的背包，裡面還塞著長得和背包一樣的小熊貓布偶，據說這是今年很難買到的搶手商品。

「哇！我正好想要這個。大姊姊，眞的可以給我嗎？眞的嗎？」

「眞的。只不過背包可以現在背，可是裡面的布偶要等到回家才能玩喔，可以答應大姊姊嗎？」

「可以可以。」

「小百合眞乖，那麼這個就當獎勵妳的。」

她又把手伸進托特包中，這次是一個紙袋。

「這是什麼？」

「這個啊，」她直接拆開紙袋，拿出一頂帽子。那頂帽子不是普通的帽子，是一年中只會在這個時期用到的類型。

「哇！是聖誕老人的帽子。」

「對啊。」她把軟綿綿、摸起來很舒服的的帽子戴在小百合頭上，再把頭帶繞過下巴，扣上皮帶扣。喀擦一聲，帽子就固定在頭上了。她接著幫小百合背上背包，前面再扣上皮帶扣，防止背包肩帶滑落。

小百合看著自己映在玻璃窗上的模樣，露出滿意的笑容，「嘿嘿。」

「很適合妳喔。」

大概連續拿到許多禮物太開心了，小百合「哇——哇——」地在走廊上雀躍地跳來跳去。

「小百合要在這裡等媽媽工作結束嗎？」

如她所料，小百合點頭了。

小百合的媽媽上杉香織是櫃檯主任。以前香織上班的時候，小百合會在休息室等媽媽，但小孩子沒辦法長時間待在同一個地方。她一覺得無聊，就會一個人在院內晃來晃去。原本不能這樣，但這裡畢竟是「緊急推理解決院」，會踏進這裡的人都有各式各樣的煩惱。當被棘手問題搞得焦頭爛額的委託人在等候室，或剛踏進解決院時，看到如天使般可愛的小百合出現，心情也會輕鬆不少。會來「緊急推理解決院」的人大多是常客。對這些常客來說，小百合就是大受歡迎的ＥＤＳ偶像，因此文福院長也就不責備小百合在院內四處徘徊了。不僅如此，院長甚至允許小百合可以隨意進出院長室。小學已經開始放寒假了，小百合今天應該也一樣會帶給所有委託人溫暖吧。

小百合抬起頭，讓鮮紅帽子與尖端的白球搖晃了一下。

「大姊姊等一下要做什麼？」

「我等一下要去工作了，大概等妳媽媽下班的時候會再過來一趟，希望那時可以見到妳」

「好。」

小百合揮揮手，從走廊往回走。她確認手表的時間。早上九點，是早班開始的時間。

〔2〕ＡＭ10：00

早上十點，日本中央醫科大學附屬「緊急推理解決院」院長文福周五郎站在四樓廁所的鏡子前。

他眉頭深鎖，盯著鏡中人。眼光銳利的程度，彷彿鏡中人的一舉手一投足都逃不過他的法眼。他拿著細齒梳子，正在整理自己的鬍子。

他的頭髮已經很稀疏，但他早已不再執著頭髮。頭髮總有一天會掉光，著急也沒用。相反的，他的鬍子卻是愈留愈長。身爲堂堂「緊急推理解決院」的院長，擁有一把這樣的鬍子反而更適合。他心想，看看那些歐美人，頭上無毛卻留著濃密鬍子的人通常都是了不起的人，自己也是。

整理完鬍子後，文福搖晃著龐大的身軀走向院長室。事務室和總務室傳來職員講電話的應答聲，以及快步走動遞送傳票的聲音。年關將近，街上大小案件頻傳，因此拜訪EDS的人也增加了，偵探師每解決一件謎團，後勤必須處理的業務就會增加，這代表EDS的業績蒸蒸日上。辦公室的嘈雜聲在文福耳裡聽來相當悅耳，他享受著這些聲音，同時在走廊散步。

院長室在這棟建築物的四樓，位於南面的中央附近，東鄰事務室，西鄰會議室。院長室裡有隔音設備，事務室的喧囂不會傳到裡面，只要把門緊閉，文福就能沉浸在寂靜之中。多虧建築物內的中央空調系統，房間十分溫暖。窗簾雖然沒有拉上，但冬天陰暗的天空無法給予這個空間足夠的光線。文福走到門邊，按下電燈開關。

他一坐在辦公桌前，身子自然挺直。最近的犯罪發生率，已經不是警方應付得來的量，更別說警察署還被歹徒放置了炸彈。想要補足警力不足的部分，就只能靠這裡了。有人估算過成立緊急推理解決院之後，因犯罪造成的經濟損失，一年就少了二十億圓。開院當初，EDS的存在意義曾遭到質疑，但現在已經沒有人懷疑它的價值。我可是一院之長，正襟危坐是理所當然之事。

但今天是聖誕夜，他得早點回去。因爲他和孫子約好，要帶孫子去東京車站丸之內出口看「東京聖誕燈節」。這個節慶從聖誕夜一直到新年結束，在這段期間，丸之內仲大街上會裝飾著各式各樣的燈飾。去年他也帶了孫子去。他還記得孫子完全沉醉在大街上如洪水般湧來的五光十色之中的模樣。他答應孫子，今年也要帶他去。東京聖誕燈節從下午五點三十分開始。去年這天，他剛好外出，所以可以直接去接孫子，但今年就沒那麼幸運了。爲此，他從幾天前起，就和職員與偵探師商量好，把需要出差、接待訪客等容易拖長時間的行程排開來，所以他計畫今天一整天都待在院長室做些文書工作，時間一到就可以回家。

文福在開始工作前，習慣請人泡杯茶，所以打算撥個電話給事務室，請人送杯茶來。

「茶已經替您泡好嘍。」

聽到這突如其來的聲音，正要伸去拿話筒的手停在半空中。他維持這個姿勢，緩緩轉頭往角落的會客區看去。

接待客人用的沙發上坐著一名年輕的女性。她把身體靠在沙發上，雙腳交叉著。一頭黑髮、一雙圓溜溜的大眼、挺拔的鼻梁、略薄的嘴唇、微尖的下巴，這些特徵加在一起，形成讓人一眼難忘的美貌。

文福知道這個人是誰，卻想不起來名字，因爲這名女性的登場方式讓他大感意外。照理說，這人應該不會出現在這裡。他接著猛然站起身。

「南井……七瀨？」

那名女性露出微笑，「您還記得我啊。」

他不可能忘記。南井七瀨，正是南井義臣的獨生女——

「您一直站著也不是辦法，不如過來這邊坐吧？請。」

她以宛如在自家客廳招待客人的語氣這麼說。文福彷彿被吸過去一般，離開辦公桌，往會客區走去。

桌上確實準備了茶，有兩只西式茶杯，還有一個像是野餐用的保溫瓶，只是茶杯還是空的。

文福往沙發坐下，和南井七瀨面對面。

「好久不見。」

七瀨恭敬地鞠躬，文福對她的殷勤感到彆扭。

「是妳啊——最近好嗎？」

「很好，託您的福。這裡的夥伴也都還好嗎？」

「是啊，大家都很好。」

「安東尼奧小菅室長成家了嗎？」

「不——他還是一樣，心定不下來，愛玩。」

七瀨笑了，「一點都沒變呢。」

「妳呢？已經二十——」

「七、二十七了。很遺憾，還是單身，似乎緣分未到。」

「像妳這麼漂亮的人還找不到對象，眞令人不敢相信。」

靠著不著邊際的閒聊，文福正想辦法重整旗鼓。爲什麼南井義臣的女兒會來這裡？爲什麼她可以潛入上鎖的院長室？得先看穿她的目的才行。

雖然對方突然出現在上鎖的房間內，但文福不感到意外。因爲院長室的門鎖是用最普通的喇叭鎖，稍微有點腦筋的人都能在數秒內打開。開鎖是偵探最基本的功夫，而且南井七瀨的父親本身就是偵探師，不，前偵探師——

「妳現在在做什麼？」

腦袋高速運轉的文福，故作平靜地問。七瀨低語，「眞是失禮了。」同時伸手從一旁的托特包中，拿出多功能記事本，從中抽出一張名片。

「研究所畢業後，我就在這間公司上班。」七瀨畢恭畢敬地將名片遞給文福。名片上印著「株式會社　品川化學工業基礎研究所第二研究部　南井七瀨」。

「品川化學工業可是一流的企業啊。」

「哪裡哪裡，只是一間小公司而已。」

七瀨謙虛地回應，但就連文福也知道這間公司的來歷。她說的沒錯，這間公司規模不大，但擁有許多獨步全球的產品，是象徵日本以技術立國的企業之一。聽說他們正和許多國家進行各種共同研究。既然她在基礎研究所上班，那表示她也是從事這類工作嗎？

文福回想起南井義臣生前還在這裡當偵探師的時候。七瀨偶爾會到她父親的解決室，文福因此有機會和她聊上幾句，並對她的聰明伶俐留下深刻印象。文福甚至認爲，她或許會成爲一個超越她父親的偵探師。文福曾經邀她來解決院，但她說她不打算成爲偵探師。七瀨果眞如她所言，沒有成爲偵探師，而是在一流企業上班。以她的頭腦來看，這是理所當然的發展。

「先別說這個，要不要來喝杯茶？我特地從家裡帶來的。」

七瀨打開保溫瓶，將茶倒進兩只西式茶杯中。文福看到她的手勢，想起她是左撇子。由於她準備的是西式茶杯，文福以爲會喝紅茶，沒想到從保溫瓶倒出來的是泡得很淡的綠茶。七瀨把兩只西式茶杯放在桌子正中央的位置。

「請，選一杯您喜歡的。」

文福正打算照她說的選一杯來喝時，突然停下手，腦中的警報器響起。南井七瀨，南井義臣的女兒。義臣生前是「緊急推理解決院」的偵探師。

負責的是毒物推理科。

文福差點窩囊地把手縮回來，幸好勉強忍了下來。他觀察著七瀨的表情，後者露出沉穩的微笑。看似沒有惡意的微笑，但對文福來說，那只是虛假的微笑。

文福只猶豫了一瞬間。她總不可能在這裡下毒殺死我吧？這裡可是日本偵探界大本營「緊急推理解決院」，而我是這裡的一院之長，怎麼可能被這小姑娘耍得團團轉。文福說聲「謝謝。」後，還擠出一個笑容。或許動作有點僵硬，不過也顧不了那麼多。爲了表現出從容不迫，不受動搖的樣子，他刻意選擇了最容易拿的右邊的杯子。七瀨停頓了一下，伸出左手拿起左側的茶杯——對七瀨而言的是右側的杯子。

文福把杯子湊到鼻子前，本以爲是煎茶，沒想到是玄米茶。芬芳的香氣挑逗著他的鼻腔。他當然知道有的毒藥沒有味道，但看起來應該沒放一些奇怪的東西。文福確認七瀨拿茶杯就口，並把茶嚥下後，也跟著喝下自己手上的那杯玄米茶。不燙口，溫度剛剛好，因此他喝了很大一口。

被香氣騙了。

一陣異常的苦味在口內傳開。

「呸！」

文福毫不猶豫地把茶吐出來。玄米茶溢出茶杯，撒在他的褲子上。

「哎呀，院長大人，怎麼喝沒喝相的呢？」

七瀨像唱歌似地這麼說，並從托特包中取出毛巾。她將身子挨近文福，把毛巾按在他溼掉的長褲上。驚慌失措的文福甚至連年輕女性觸碰自己胯下一帶也沒感覺。

「妳、妳到、到底給我喝了什麼？」

口鼻都流出茶水的文福氣憤地說。異樣的苦味仍殘留在他口中，他著急地心想得趕緊漱口才行，沒想到七瀨卻悠哉地對他露出微笑。

「我沒有放番木鱉鹼。」她的微笑變成嘲笑，「是龍膽草萃取液而已，一般用來當苦味劑，也是胃腸藥中的成分，喝了不會死人，只是很苦而已，請放心喝吧。」

「……」

文福一句話也沒說。因爲憤怒、屈辱和慌張使他的聲帶麻痺了。這女人到底想做什麼？

「院長大人，沒想到這麼古典的陷阱，您也會上當啊。」

七瀨拿起自己的茶杯就口，一口氣喝完，端正的臉龐不因苦味而扭曲。

「我在用右手拿杯子喝時會碰到的杯緣上塗上龍膽草萃取液。」

七瀨用左手拿起杯子往前伸，給文福看個清楚。從文福的角度來看，杯子的握柄在他的右側，杯緣的部分確實沾上東西。原來自己剛才喝玄米茶時，連同這東西也喝下去了。

「院長大人，這樣不行啊。身爲『緊急推理解決院』的院長，居然會被這麼簡單的手法給唬住了。」

「那、那是因爲，」文福抖動著兩端上翹的八字鬍，「我又不是偵探師。」

「說的也是。」七瀨乾脆同意，「你只是經營者，既不是偵探師，也不是醫師。」

七瀨遞給他剛才用來擦他褲子的毛巾，「來，把鼻子嘴巴擦乾淨，你這樣沒辦法好好說話吧？」

文福接過毛巾擦臉。雖然心情還有些起伏，但至少知道剛才自己吃到什麼東西，稍微冷靜了下來。

從南井七瀨剛才的行徑，已經可以確定她對自己抱著敵意。該怎麼辦？要叫能谷巡查長把她攆出去嗎？

「您不要那麼慌張。」七瀨的語氣似乎看透了文福的思考。

「聖誕夜才剛開始而已。」

〔3〕AM10：45

「緊急推理解決院」的四樓，院長室。院長文福周五郎與南井七瀨面對面坐著，不發一語。被先聲奪人的文福，好不容易平復心情，總算可以好好觀察對方。

文福與七瀨一年未見，她還是一樣漂亮，不，比以前更漂亮。只是比起原本開朗單純的表情又增添了一些深謀遠慮。文福直覺這份深謀遠慮，或許就是讓他感到恐懼的原因。

剛才的杯子把戲只是惡作劇。文福開始思考她這麼做的意圖，她的目的恐怕有兩個。第一個是藉由先發制人的攻擊，先在精神層面上取得優勢。另一個，是讓自己想起她父親是毒物推理科偵探師這件事。總結來說，她是爲了父親的事情來向自己宣戰。

「妳到底來做什麼？」

文福直截了當地問。七瀨表情沒有變化，只是掀動嘴脣說：

「我來聊一聊這棟建築物的事。」

「這棟建築物？」

「對。」七瀨盯著地板，「這棟建築物的一樓，設置了各個科別的解決室，目前共有十科。在動物推理科和運動推理科之間的房間，目前是空著的，對吧？爲什麼會空在那裡？對委託人而言，偵探應該愈多愈好，之前不是還發生警察署遭到炸彈攻擊的案件嗎？這座城市的治安可沒有好到可以閒置一間解決室的程度——我來這裡，就是爲了問這個問題。」

文福吞了一口口水，果然是爲了這件事。那個房間曾經是毒物推理科的房間。不，現在這個科也還存在，只是……

文福深吸了一口氣，開口：

「這是我們院內的安排，沒有必要對外人說。」

文福用起身代替「請回吧。」他不想聊南井義臣的事，但七瀨卻悠哉地繼續坐在沙發上。

「別急，院長，我有一個東西要給你看。」她又把手伸進托特包。

有東西給我看？該不會是南井義臣的遺物吧——正當他這麼想時，七瀨取出一台小尺寸的筆電。她得到文福的允許後，從附近的插座接上電源，把筆電放在膝蓋上打開。大概是保持在休眠狀態，筆電很快就出現畫面，七瀨開始操作鍵盤。「這樣就可以了。」

七瀨把筆電放在桌子邊緣，調整到一個兩人同時都能看見畫面的位置。文福只得再度坐回沙發上。這台筆電的液晶顯示器似乎頗爲高級，即使從斜角也能看得很清楚。

瀏覽器已經打開，看起來也連上網路了。

螢幕出現一個影像，看起來像是即時轉播，畫面有些晃動和延遲。而且還有點暗，看不太清楚鏡頭在拍什麼。等到眼睛習慣後，慢慢就看清楚了。

那是攝影機在某個建築物裡面移動的畫面。雖然知道這些，但畫面實在搖晃得太厲害，文福看不出來究竟在拍什麼。操作這台攝影機的人大概是門外漢吧，每走一步畫面就上下搖晃，攝影機東拍西拍，畫面來回擺動，文福搞不清楚自己究竟在看什麼。仔細盯著畫面看，還會有些頭暈。即使如此，文福仍耐著性子看。這時，他忽然發現一件事，盯著畫面喃喃道：

「這是……」

「沒錯。」七瀨盯著螢幕回答，「就是這棟建築物。」

畫面上顯示的是「緊急推理解決院」的內部，雖說攝影機搖晃得很厲害不太好認，但畫面確實就是這裡。文福馬上就了解爲何自己無法立刻認出是自己的地盤，因爲攝影機的位置太低了，不像拍攝者拿在手上，而是像畫面上掛在拍攝者腰間走路時的畫面。由於鏡頭拍攝的並非他平常視線的高度，所以才會認不出來。

可是到底是誰在拍攝這些畫面？文福不記得自己曾允許過緊急推理解決院內的狀況可以在網路上公開。別說開放，這裡和其他地方不同，是非常尊重隱私的場所，甚至禁止攜帶攝影機進入。他斜眼瞄了一下七瀨，她正興致勃勃地盯著不穩定的畫面看。

攝影機激烈地上下搖晃，拍攝者正在一邊下樓梯，現在似乎來到一樓、右轉、往等候室的方向前進。等候室裡有許多前來諮詢和委託的人正等待叫號。拍攝者拍著等候室，一邊朝走廊走。走廊上人來人往，但沒有人對攝影機的存在感到詫異。

影像來到北側的等候室便停止了。那裡的柱子上有一面鏡子。攝影機朝向鏡子，鏡子反射出拍攝者的模樣。文福一看到那人的身影，全身僵住。

「小百合……」

鏡子上面映出的，正是上杉香織的女兒，小百合。

小百合揹著熊貓造型的背包，戴著聖誕帽。背包和聖誕帽非常適合她的臉蛋，她長得和她母親一樣可愛。年僅六歲的少女對著鏡子擺姿勢，轉身把熊貓造型的背包對著鏡子。

看到她的樣子，文福感到不解。從攝影機拍出來的畫面和鏡子反射的影像來看，可以確定小百合就是拍攝者，但卻沒見她手上有攝影機。

七瀨說，「我把攝影機裝在帽子上。那是專門用來監視的迷你機型，所以小百合也不知道自己頭上有一台攝影機。」

「……」

果然是她搞的把戲。文福回想起一年前，跟著香織來上班的小百合，最愛黏著每天送午飯給父親的七瀨了。但自從發生了那件事之後，七瀨就愈來愈少來EDS了，想必小百合也覺得很寂寞吧。所以只要這次七瀨意外現身，送給小百合禮物，她一定會開心收下，並立刻穿戴在身上。但是，爲什麼七瀨要做這種事？讓小百合在院內拍攝這些畫面，然後拿來威脅自己嗎？「妳——」

文福嘴張到一半便停住，七瀨不知何時左手把玩著一隻粗筆桿的自動鉛筆。

「現在的緊急推理解決院好像沒有中毒症狀的專家，對吧。」她說。

「……」

「我的公司目前正和國家合作進行研究。我說的國家指的是防衛廳。」

一股電流竄過文福背脊，「……化學武器？」

七瀨沒有回答，把玩著自動鉛筆，繼續說：

「使用無色無味的神經毒氣也不錯，但若要講求視覺上的衝擊，潰爛是最佳選擇。芥子毒氣這種東西，我的研究室很簡單就能做出來了。」

芥子毒氣！

文福全身起了雞皮疙瘩，就連他也聽過這個東西。一旦碰觸，皮膚就會開始潰爛，是非常可怕的一種毒氣。由於光是觸碰到就會造成傷害，所以防毒面具完全派不上用場。七瀨確認文福理解自己說的話後，一臉開心地繼續說：

「小孩子用的背包所承載的芥子毒氣劑量到底能殺死多少人呢？」

「妳……」

文福本想說「妳到底」卻說不出口。這個女人居然把毒氣裝在小百合身上，裝在一個仰慕自己的六歲少女的身上！

七瀨的左手迅速地動了一下，把拇指放在自動鉛筆的筆頭上，做出準備壓出筆芯的動作，並把左手往前伸。

「一般來說，只要用一個可以安裝在某個容器內的迷你引爆裝置，就可以讓瓦斯噴出，對吧。」

「……」

引爆開關嗎？那支自動鉛筆裡面裝了一個噴發芥子毒氣的開關嗎？只要按壓筆頭，毒氣就會從小百合的背包中噴灑出來嗎？

「當我按下這支自動鉛筆，你就可以即時從畫面上的影像得知背包現在位於何處——

院長，」七瀨嫣然一笑，「從哪裡開始好呢？」

「……！」

文福無法回答。

此時此刻，南井七瀨把「緊急推理解決院」的所有人當成人質。百無聊賴的小百合現在會晃到哪裡去，文福和七瀨都無法預測。有必要的話，不管小百合在哪裡，七瀨大概會直接按下開關。只要一瞬間，院內便會化爲地獄。沒人知道事情會發生在什麼地方，這是賭上眾多無辜之人性命的俄羅斯輪盤，這就是七瀨設下的圈套。

文福一動也不動。明明是冬天，他的額頭卻直冒汗。他盯著七瀨和她手上那支自動鉛筆。這時文福終於發現，七瀨的雙眼冒著熊熊烈火。

「請告訴我那件事。」

七瀨不靜地說：

「一年前的聖誕夜發生的，造成我父親身亡的那樁事件。」

〔4〕AM11：35

「『緊急推理解決院』的工作，基本上就是聽取來訪的委託人的描述，由偵探師解開謎團。」

南井七瀨開口，「藉由某個人有限的知識、曖昧的記憶、充滿偏見的理解——偵探師必須憑藉著這些細節作爲線索，撿拾眞相的碎片，重新拼組出原始全貌。要做到這點，偵探師必須具備超凡的觀察力、注意力、推理力和組織力，擁有人類最高等級的頭腦，這就是『緊急推理解決院』偵探師的資格。院內這三十名包括專任、兼任的偵探師，可說都是日本偵探界最頂尖的人士——這種事，用不著我向身爲院長的你多說了吧。」

七瀨淺淺一笑。文福內心十分認同七瀨的話。沒錯，日本中央醫科大學附屬「緊急推理解決院」正是日本犯罪調查的最高殿堂。

「我父親身爲其中的一員，和盟友小菅室長都是共同撐過EDS草創期的偵探師，和你建立了非常深厚的信賴關係；但我父親死去的時候——」七瀨直盯著文福看，「你卻像處理廢棄物一般地對待他。」

被七瀨冰冷一瞥瞬間，文福頓時屏息，但是他無法反駁。

「沒這回事。」文福硬著頭皮開口，「那是因爲妳父親做了不可原諒的事。照道理說，他應該被剝奪過去擔任偵探師時的所有榮耀，背負著恥辱離開。但我身爲他多年的友人，不希望他過去所有的功績全部遭到否定，所以我選擇讓他靜靜退場。我應該得到妳的感謝，而不是遭到怨恨。」

「感謝嗎？」七瀨說話的語氣非常沉穩，沉穩到令人毛骨悚然。「身爲南井義臣的女兒的我應該感謝你，是嗎？今天就讓我們來好好確認是否眞是如此。」

七瀨的視線轉到筆電螢幕上。小百合還在走廊上走著。眼前的門突然打開，小百合似乎嚇了一跳停下腳步，好像是某一間解決室。攝影機朝上，小百合正抬頭看著某人吧。從解決室走出來的，是一名懷孕的女性，這麼說來，應該是「女性推理科」了。如文福所料，畫面的一角照到了偵探師三岸琴枝。委託人的表情看起來非常開朗。看來，三岸已經替她順利解開她所帶來的謎團了。

——假使現在七瀨就按下開關。

那名孕婦和肚子裡的小孩都會一起死去。光是這樣想像，文福就覺得指尖發麻，膽戰心驚。

他心想，假使自己現在立刻疏散所有委託人和工作人員的話，七瀨應該會直接按下開關。叫小百合脫下背包恐怕也會招致同樣的結果。文福盯著七瀨的左手，她的拇指片刻不離自動鉛筆的筆頭。

——有沒有辦法從她手中奪過自動鉛筆？

文福心想，必須想辦讓她無法噴灑芥子毒氣，才能解除危機。

正在看著螢幕的七瀨注意到文福的視線，「你很在意這個嗎？」

她用左手搖晃著自動鉛筆，「那就給你吧。」

說完，她以衣襬擦一擦自動鉛筆，再遞給文福。

咦？

一瞬間，文福搞不清楚發生什麼事，才剛想要奪走她手中的自動鉛筆，這下卻又自動送上門來。突如其來的發展讓文福遲疑了一下才接過自動鉛筆。這時，七瀨又將手伸進托特包中。

「反正我還有。」

她的左手又握著一支一模一樣的自動鉛筆。

「……！」

文福腦中瞬時沸騰，被戲弄了——文福心中很不是滋味。

「大概是太習慣電視或空調的使用方式吧。」七瀨開朗地說，「一般人總認爲本體和遙控經常是一對一，所以引爆裝置和開關也是一對一——若是這裡的偵探師遇到同樣的事，肯定不會有這種天眞想法。」

「妳、妳到底、」文福太過氣憤，聲音顫抖，他的鬍子也跟著抖動，「到底想幹什麼？」

「唉呀，你還不曉得啊？」七瀨瞪大雙眼，「你的麻煩大了。」

「我的麻煩大了？」文福把視線落在剛入手的自動鉛筆，拿起來沉甸甸的。

「是的。」七瀨又揮了揮左手的自動鉛筆，「那支自動鉛筆已經有你的指紋了。要是這裡發生什麼事，警察應該會調查是誰按下自動鉛筆吧？」

文福感覺腦部遭到一記重擊。

兩支一模一樣的自動鉛筆。無論按下哪一支，都會引發芥子毒氣噴出，屠殺院內所有人。最可疑的當然就是唐突現身的南井七瀨。但是她只要作證「文福院長在我面前按下自動鉛筆」就可以掩蓋事實。畢竟警察無法證明準備芥子毒氣的人是七瀨。不，更重要的前提是，她是否會留下她待過院長室的證據？恐怕七瀨沒讓任何人瞧見她進來吧，除了小百合之外，但小百合確定會死於毒氣。在芥子毒氣噴發之後，ＥＤＳ必定陷入一片混亂。她只要趁機逃離現場，就能製造出完美的不在場證明，不是嗎？南井義臣是我遇過最聰明的偵探師。七瀨身爲他的女兒，自然會遺傳自聰明的父親，非常聰明，這點無庸置疑。要是這麼聰明的七瀨，存心要設計我成爲嫌犯，我有辦法對抗她嗎？

文福忽然想起一件事，那就是新宿警察署和丸之內警察署的爆炸案。那會不會也是七瀨幹的好事？那椿案件的凶手還在逍遙法外。對在品川化學工業工作的她而言，製作炸彈應該不是什麼難事，也不會那麼輕易就被抓到。

之後，她計畫攻擊ＥＤＳ，而且對身爲院長的我設下圈套。

我可是「緊急推理解決院」的院長。外界有充分理由相信，我應該對毒物擁有豐富的知識。「發瘋的院長打算毀滅自己的職場」，我有辦法反駁這樣的假設嗎？別忘了我可不是偵探啊。

「……可惡。」

文福咬牙切齒。他知道自己已陷入絕境，由於一時疏忽收下了自動鉛筆，自己隨時可能會被栽贓成為大量殺人犯。該怎麼做才能脫離這個危機？

文福嘆了口氣，沒辦法，只好先做最壞的打算，聽從七瀨的指示，對她說出一年前聖誕夜發生的那起案件。

「妳，」文福開口。大概是已有覺悟，他的聲音不再顫抖，「剛才說想知道一年前發生的那件事。但是，妳應該十分清楚那件事的來龍去脈才對，事到如今，妳還想聽我說什麼？」

七瀨靜靜地回答。

「我想知道你知道的事。」

「我知道的事？我只知道一件事。」文福對她搖搖頭說：

「南井偵探師和助師馬祖基．麥克蒙互相殘殺。」

筆電的螢幕上，繼續上演上杉小百合的冒險。

〔5〕PM00：30

小百合爬上樓梯，她似乎來到二樓的是緊急病房。從緊急入口被送進來的委託人通常身患重症，他們在第一時間會先被送到緊急推理處置室，先請經驗豐富的助師，或解決室室長安東尼奧小菅（如果他有空的話）診斷委託人的狀態，然後再呼叫最合適科別的偵探師過來。被叫喚來的偵探師會更深入地調查委託人，進行必要處置。在這之後，委託人——假使他還活著的話——會接受高島醫師的治療，然後再被送到現在畫面上的這間緊急病房。

所以會躺在緊急病房裡的，都是身負重傷的委託人。比如說，現在畫面上的某個委託人，是由兼任及隨時特設的「爆炸物推理科」的偵探負責，那人的部分身體被炸毀了。小百合大概已經習慣，在一群綁著繃帶哀號聲四起的委託人之間遊走，卻沒有絲毫驚慌。

話說回來，一年前，那名委託人也是從後門的緊急入口被送進來。

文福開始回憶過去。一年前，二〇〇三年十二月二十四日，正確的時刻據說是下午一點二十三分。當時，我人在法務省。由於「緊急推理解決院」的成功開始受到世界各國矚目，法務省委託我撰寫介紹院內業務的英文文章。那天，我就是爲了這件事情去法務省開會。

「所以關於那件事的狀況，我都是間接得知，如果妳可以接受的話，我就如妳所願，告訴妳事情的經過。」

文福說。七瀨回答，「可以。」文福舔了舔嘴唇說：

「那是一年前發生的事。一名男性被送進緊急推理處置室。一開始負責處理的人是亞披勒．賽史助師。但沒多久，亞披勒就立刻把馬祖基．麥克蒙找來，馬祖基是資深助師。」

「緊急推理解決院」裡，有很多外籍員工。解決室室長安東尼奧小菅是巴西人，「外國人推理科」的荷姆克羅夫特偵探師是英國人。櫃檯的佩琪．唐納是美國人，亞披勒．賽史助師是泰國人，還有一年前從印尼來的馬祖基．麥克蒙。由於新宿這個區域的特性，不少案件都會牽涉到外國人，這時他們就能派上用場了。特別是馬祖基，他是虔誠的回教徒，在解決與穆斯林相關的案件時，他總能幫上很大的忙。

「馬祖基．麥克蒙。」七瀨不帶感情地複誦，「亞披勒爲什麼不直接找偵探師，而是叫同樣是助師的馬祖基過來？」

「理由有兩個。一個是委託人的狀況太過嚴重，他判斷自己無法處理。從緊急入口進來的委託人，很多時候無法親口描述詳細的狀況，這時候就要靠偵探師或助師觀察委託人的樣子，並呼叫最合適科別的偵探師過來。下這個判斷的人必須要有敏銳的觀察力和豐富的經驗。亞披勒當時才三十歲，就這個年紀來說，是勉強能獨立作業的助師。相對地，馬祖基從很年輕的時候就開始當助師，他一直非常渴望當上偵探師，當時院方正考慮要把他從助師升格成偵探師。其實就他的觀察力、推理力、判斷力而言，絕對有資格成爲『緊急推理解決院』的偵探師。亞披勒請馬祖基判斷委託人該由哪個科別負責也是順理成章之事。」

「您剛才說委託人的狀況看起來很嚴重，有多嚴重？」

「嗯。」文福嚥下口水，「似乎是重度灼傷。我事後聽亞披勒轉述說，『全身被燒到潰爛。』看起來像是碰上火災。小池美里助師也證實了這點。而且委託人全身溼淋淋，彷彿剛被潑了大量的水加以冷卻，更是他遭到燒傷的最好證明。很遺憾的是，潑水的效果不大，他被送來這裡時，已經呼吸困難了。」

七瀨皺著眉頭。

「在那樣的狀態下，那人還有辦法開口嗎？爲什麼可以判斷他不是一般的急重症病患，而是委託人。」

文福點點頭，他開始恢復冷靜。他知道自己已經重新主導談話，這令他安心不少。

「關於這個問題的答案，就在第二個理由。委託人雖然處於意識混濁的狀態，但口中卻不停地喃喃地說，『mar……』聽覺敏銳的亞披勒聽出他的意思，所以才把馬祖基（marzuki）叫過來，他猜那人或許是馬祖基的朋友，或是爲了拜託他才來這裡。」

「馬祖基說什麼？」

「他好像說我不認識這個人。」

「那人的長相看起來像日本人嗎？還是東南亞的人？」

「據說看起來像是東南亞人。他最終仍死在院內，身分不明。」

「也不曉得國籍嗎？」

「不曉得正確的國籍。」文福回答，「只是他被送來時，還有些意識。亞披勒分別用日文、英文、泰文、印尼文在他耳邊問，『你叫什麼名字？』委託人聽到印尼文時有反應，然後像說夢話似地回答，『Tanjung』。」

「單純（Tanjun）？」

「印尼有Tanjung（丹戎）這個姓，所以他可能是印尼人。」

七瀨點頭，表示理解。

「這位丹戎不可能自己走來的吧，應該有人送他來。」

文福搖搖頭，「是一名正在遛狗的家庭主婦叫救護車送他過來的。丹戎在新宿中央公園被人發現，然後被送到這裡來。」

「新宿中央公園，」七瀨瞪大雙眼。「不就在附近而已？」

「沒錯。從那面窗戶往下看就看得到。」文福逐漸變得饒舌。他知道自己已經位居上風。「在那之前，沒有任何關於中央公園出現火光的通報，所以他們判斷丹戎應該是在別處燒傷，之後再被人載到新宿丟棄。」

「原來如此——那麼，馬祖基助師看過丹戎之後，替他找來哪一個推理科的偵探師？

ＥＤＳ可沒有火災推理科。」

「沒錯，所以他心想至少要找最接近委託人的狀態的偵探師過來。馬祖基最先留意到的就是，委託人和自己同樣都是印尼人，他接著想到ＥＤＳ有外國人推理科。」

七瀨眉頭深鎖。

「這個想法太過簡單，不像是馬祖基助師會做的判斷。這裡的外國人推理科，主要是針對委託人所屬國家的政治、民族、語言、文化、歷史等情報進行綜合判斷，進而解開謎團的一個單位。我想他不會只憑『可能是印尼人』這麼曖昧的情報就下判斷。」

「妳說的沒錯。所以被他找來的荷姆克羅夫特偵探師說，先治療委託人的傷，至少恢復到能說話的狀態，之後或許才有我出場的機會。」

「十分正確的意見。」

文福輕嘆一口氣說：

「馬祖基也這麼覺得，所以他立刻放棄外國人推理科。緊接著，他注意到丹戎的身材。據說委託人的身體看起來經過充分鍛鍊。他直覺這是運動員的身體，於是向運動推理科求救。」

「運動推理科？」七瀨的嘴角垮下，「這裡的運動推理科的偵探師確實十分優秀，但他……有奇怪的癖好，一定要確定委託人是運動員，才會接受委託。」

七瀨用相當客氣的說法評論錢山偵探師。

「確實如此。」文福聽到她精準的描述不禁露出苦笑，「錢山偵探師過來看了委託人一眼就知道，這人不該由自己負責。」

「果然是這樣。」

「又猜錯的馬祖基此時陷入困境。隨著時間一分一秒過去，委託人情況不斷惡化。一旁的亞披勒十分著急，陷入恐慌，但仍拚命想辦法。事件發生當時的早班成員和現在一樣，都是同一批偵探師。馬祖基決定採用消去法，排除絕對不適合的推理科之後，把剩下科別的偵探師一個一個叫來。」

七瀨皮笑肉不笑地說，「至少和女性推理科沒關係吧。」

文福也跟著笑了笑。

「是啊，它最先被排除在外，還有動物推理科和小兒推理科也確定不是。外國人推理科和運動推理科已經被偵探師親自拒絕。這麼一來，剩下的科別只剩下歷史推理科、不可能推理科、怪奇推理科、民俗學推理科，以及毒物推理科。」

「馬祖基助師先詢問其中的哪一科？」

「民俗學推理科。」

「民俗學？」七瀨反問，「去問那個漂亮的偵探師？」

七瀨的語氣似乎帶著否定的意味。她否定的對象絕對不是蓮丈那智，而是對於馬祖基去找蓮丈的這個判斷。文福嘆了口氣說：

「這也沒辦法。馬祖基就算日文說得再怎麼流利，畢竟不是他的母語。他分不清『民俗』和『民族』的不同。馬祖基大概以爲蓮丈能看出委託人所屬的民族，至少朝解決的目標邁出一步。」

「但蓮丈偵探師否定了，她認爲那並非自己的領域。」

「沒錯。」

「馬祖基助師大概又要傷腦筋了吧。」七瀨的笑容產生了一點變化，接近訕笑。「接下來他又要找誰？歷史推理科嗎？還是怪奇推理科？」

文福搖搖頭。

「他沒有找他們。因爲正當這兩位助師東奔西跑的時候，妳父親剛好經過。」

〔6〕PM02：00

南井七瀨臉上的訕笑逐漸消失變得面無表情。像她這種面貌姣好的女性，一旦面無表情，就會散發出一種詭異的抽象美。被她那宛如雕像般的眼神盯上，就連原本在精神層面佔上風的文福周五郎，都不自覺背脊發涼。

文福回過神來繼續說下去，「南井偵探師把某個案件整理到一個階段之後，中途離席去上廁所。緊急推理處置室的位置就剛好在洗手間和毒物推理科中間。他從洗手間回來途中，發覺處置室裡面傳來一陣騷動。」

七瀨沒有插嘴，默默聽著文福說話。文福只好繼續說下去。

「南井一走進緊急推理室，委託人早已奄奄一息了。據說，南井只看了委託人一眼就臉色大變，就近打了內線電話給解決室室長安東尼奧小菅，要他趕緊到處置室來。在等小菅趕過來的這段時間，南井向馬祖基．麥克蒙和亞披勒．賽史兩人詢問事情的經過。至於小池美里，她當時還只是新人，觀察力不足以做爲參考。南井一臉嚴肅地聽著兩位助師說明，沒多久，委託人的樣子開始變得很奇怪。治療室室長高島醫師仍努力進行急救，但當小菅抵達處置室時，委託人已經死亡。時間是下午四點四分，離委託人被送來的時間，已經過了兩個半小時。」

「結果到最後還是不知道委託人的身分，對吧？」七瀨終於開口，「丹戎死掉之後，你們怎麼處理？」

「被警察領走了。」文福冷冷地回答，「委託人一旦死亡無法繼續諮詢的時候，就失去委託人的身分，接下來就是警察的管轄範圍了。假設丹戎付了委託費，死亡之後仍由我們負責，但他身無分文。以我們當時的立場來說，無法保留丹戎的遺體。」

聽到這多少帶點辯解的說法，七瀨伸手揮了揮，彷彿在說「我沒有要責備你們這點的意思。」

「總之日本中央醫科大學這邊，沒辦法仔細調查委託人的遺體，是吧。」

「沒錯。平常遇到事情總是拖拖拉拉的警方，這次動作倒還挺迅速的。」

七瀨嘴角微微動了一下。

「小菅室長抵達現場，委託人死亡，然後又發生了什麼？」

文福點點頭繼續說，「南井簡單地對小菅說明原委，包括自己在處置室看到的，以及馬祖基和亞披勒告訴他的情況。之後，南井把小菅拉到處置室的角落，似乎在討論什麼事情。」

「討論什麼事情？馬祖基和亞披勒不也在場嗎？」

「他們用葡萄牙文交談。小菅是巴西人，南井是小菅的好友，自然會說一點日常對話程度的葡萄牙文。而在處置室的兩位助師只會說母語和日文，所以也只能在一旁默默地看著EDS的兩大巨頭用著自己聽不懂的語言談話。」

「談話的內容呢？院長大人應該問過小菅室長吧？」

「問過了。」文福搖搖頭，「小菅跟我說，他認爲委託人被送進來之後，馬祖基的應對太過粗糙，要讓他升格當偵探師可能言之過早。因爲不想被馬祖基聽到這件事，所以才用葡萄牙文說。」

七瀨點了點頭，「之後呢？」

「小菅神色倉皇地離開處置室，南井則把馬祖基帶回自己的解決室，事情原本就該這麼告一段落。」

文福的視線轉向筆電。螢幕上是俯瞰冰淇淋汽水的畫面，小百合似乎正在十樓的景觀餐廳喝著冰淇淋汽水。文福看向液晶螢幕右下方的時刻顯示，現在已經是下午兩點多了。他訝異著時間過得這麼快。他從中午前開始和七瀨對峙，不知不覺已過了午飯時間。大概是心情緊張的關係，文福不覺得肚子餓。

會到緊急推理解決院的景觀餐廳消費的人，通常是員工以及正在住院的受害者的家屬。除此之外，由於過去曾有電視節目以「東京都內景觀絕佳的餐廳」爲主題前來採訪，與事件無關的人也開始出入這家餐廳。螢幕上映著一些年輕情侶在氣氛還過得去的ＥＤＳ餐廳內，享用著便宜的午餐。大概是手頭不寬裕的年輕年爲了慶祝聖誕夜，卻又想省錢，才選擇來這裡吧。

假使芥子毒氣噴灑在景觀餐廳的話……

到時死亡人數恐怕超過上百人。現在的七瀨因爲父親死去的關係，個性變得很偏激，甚至在喜歡她的小百合身上裝設噴灑毒氣的裝置。要是應對不合她意，恐怕她就會毫不猶豫地按下手中的開關。可是接下來，又非得談到南井偵探師的行爲不可，令文福的神經繃得更緊了。

「根據亞披勒的描述，南井神情緊繃，看起來很緊張。亞披勒感到不解，爲何平時總是沉著冷靜的南井偵探師會露出這樣的表情。他推測大概是因爲委託人在ＥＤＳ死亡這件事讓南井受到驚嚇。除此之外，亞披勒認爲，南井應該是爲了責怪馬祖基明明人在緊急推理處置室卻沒有任何作爲，所以才把馬祖基帶到自己的解決室。亞披勒說他會這麼想還有一個原因，那就是南井叫自己的助師去餐廳吃已經過了時間的中飯，顯然是想支開不相干的人；而事實與他猜測的相去不遠。」

七瀨臉上的表情又消失了。文福感到不寒而慄，本想吞一口口水，但喉嚨太乾，吞得不太順利。七瀨把保溫瓶中的玄米茶倒進西式茶杯，遞給文福。他用左手拿著杯子，把茶含在口中，這次喝起來不苦了。喝下適溫的茶後，文福的心情稍微冷靜下來。

「最先發現的，是小池美里。還是新人的她，每天都得接受指導老師馬祖基的嚴格教導，所以她想看馬祖基挨罵的樣子。她悄悄躲在毒物推理科門外偷聽。但是她非但沒有聽到南井偵探師的怒罵聲，反而覺得兩人似乎在講什麼悄悄話。正當她覺得無趣想要走人的時候，忽然聽到怒吼聲。」

文福不自覺地皺起臉，他回想起一年前聽到報告時的心情。

「根據小池的證言，那是像野獸一般的怒吼聲。由於聲音太過怪異，她分不清是南井偵探師，還是馬祖基發出的聲音。總之，她聽到一陣怒吼之後，接著又傳出爭吵的聲音。因爲門是上鎖的，新手助師小池無法推測裡面發生了什麼事，她正想要找人過來時，剛好兼職偵探師鵜飼路過，聽了小池描述事情經過。從烏賊川市遠道而來的鵜飼，立刻對這突如其來的緊急情況作出應變。他考慮到院內有許多委託人進進出出，絕不能讓他們察覺『緊急推理解決院』發生意外事件。鵜飼不慌不忙地用開鎖技巧打開毒物推理科的門鎖。這時，爭吵的聲音停止了。鵜飼和小池走進毒物推理科一看，裡面的南井義臣偵探師和馬祖基・麥克蒙已經死了。」

〔7〕PM03：15

七瀨的左手抖了一下。文福瞬間心頭一涼，害怕她那一抖不小心按到開關。幸好七瀨似乎自制力相當強，筆電的螢幕上並未出現地獄一般的景象。文福稍微鬆了口氣，繼續往下說：

「南井的頭部往怪異的方向扭曲，馬祖基則腹部嚴重出血。鵜飼偵探師一看到這個狀況，立刻要小池去找小菅解決室室長過來，他自己則是立刻著手調查現場。當時小菅解決室室長似乎在講一通很長的電話，當小池把小菅帶到現場時，鵜飼的腦細胞已經重新建構出案發狀況。他接著向急忙趕到的小菅室長報告情況。」

文福暫時把話打住，好讓自己正確回想起一年前聽到的報告。事情發生後，文福分別聽了小菅、亞披勒、還有鵜飼的報告。他知道自己必須正確重現他們的報告。當文福整理記憶的時候，七瀨默默在一旁等候。

「南井偵探師的頸骨骨折，推測是後腦杓撞擊到桌角造成，應該是當場死亡。馬祖基則是被剪刀刺進腹部。刀尖傷到肝臟和肝門脈，可能遭刺之後不到一分鐘就陷入意識模糊後死亡。至於凶器的剪刀是南井的東西，南井的助師作證剪刀原本放在南井桌上的筆筒。不過，鵜飼偵探師最注意的是兩人的死因。準確地說，南井是當場死亡，而馬祖基遭刺之後，約不到一分鐘內才死亡。這意味著什麼？在一間只有兩個人的上鎖房間內，兩個人當場死亡，只有互相殘殺的可能。那麼，究竟是誰先出手？」

七瀨沉默不語，她把玩著自動鉛筆，催促文福說下去。

「假設是馬祖基先攻擊，情況會是如何？馬祖基襲擊南井，把他撞倒，令他撞到桌角，頸骨骨折，當場死亡。假如是這樣，那麼南井就沒有機會刺殺馬祖基，也沒辦法拿起桌上的剪刀。既然是當場死亡，倒地之後就沒有反擊的機會。但假如情況是反過來的話？」

螢幕上映著總務室。喝著冰淇淋汽水的小百合似乎從景觀餐廳走到總務室了。住院室室長生島富江正在領取健檢報告。畫面上從低處仰看，可以看到她打開報告後皺著眉頭的模樣。γ-GTP的數值似乎又過高了。「年紀都一大把了，還喝那麼多。」從畫面上看來，會計主任森谷似乎這麼指責她，富江也不甘示弱地回嘴，「眞囉嗦耶。」螢幕上出現在場所有職員哄堂大笑的畫面。小百合大概也跟著笑吧，畫面上上下下地晃動。

眞是和平的景象，文福心想。院長室和總務室相隔不遠，自己正在院長室拼命阻止「緊急推理解決院」遭到毒氣攻擊化爲地獄，結果這些員工卻在總務室，爲了一個徐娘半老的女人飲酒過多一事哈哈大笑，文福頓時一肚子火。但他立刻轉換心情，把心思放在一年前發生的事情上。

「假如是相反的情況，也就是南井先發動攻擊的話，會是什麼樣的情況？先不論他們之前發生了什麼衝突，最後南井拿起剪刀攻擊馬祖基，受到驚嚇的馬祖基推開南井，南井失去平衡後向後倒下，後腦杓撞到桌角。鵜飼偵探師說，發生這種情形的機率並不低。問題是，眞的是南井先發動攻擊嗎？以前者的狀況來說，也就是馬祖基先發動攻擊的假設要能成立，必須滿足一個先決條件，就是南井事先把剪刀拿在手上。這樣一來，馬祖基在攻擊南井時，他才能用手上的剪刀反擊——這樣的邏輯是成立的。但是這有可能嗎？南井會沒事把剪刀拿在手上嗎？唯一想得到的情況就是，南井預想自己可能會遭受攻擊，所以先準備好武器。這可能嗎？丹戎被送來這裡後，馬祖基的處理方式或許有疏失，但急重症的委託人被送進來後，因爲回天乏術而死亡的案例並不罕見。很難想像像南井如此資深的偵探師會爲了這件事情責備馬祖基。即使馬祖基因爲這件事情受到責備，應該也不至於襲擊南井。光憑現場的調查，只能得到以上的情報，於是鵜飼偵探師和小菅室長達成結論，不宜做更進一步的判斷。換句話說，無論是南井偵探師或馬祖基助師，都可能是先發動攻擊的人。」

「所以，你聽完報告後，」七瀨終於開口，「就做出我是父親先攻擊的結論？」

文福點頭。

「妳說的沒錯。假如是馬祖基突然襲擊南井的話，無法解釋爲何南井手上拿著剪刀這件事。相反地，若從南井先用剪刀攻擊馬祖基的方向思考，就自然得多了。所以我最後做出結論，南井是殺人凶手，馬祖基則是正當防衛。」

「但是你把這個案件掩蓋下來了。」

「這是當然的。」文福加重語氣回答。他認爲，這是身爲「緊急推理解決院」負責人的正確判斷。「當時，我剛離開法務省，正在搭地鐵，所以即使小菅一直打我手機，也不通。之後，我前往東京聖誕燈節的現場，那裡人潮擁擠，所以我的手機也一直沒打通。等我回到家之後，才知道這個消息，那時候已經是晚上八點多了。我急忙趕回ＥＤＳ，這時我才親眼看到南井和馬祖基兩人的遺體。小菅替我保存現場，他說關於這個事件，除了在場的人以外，沒有任何人知道。我聽完事情的來龍去脈，立刻做出決定，把這件事掩蓋下來。」

文福直視七瀨的雙眼，七瀨也毫不閃躲地接受。率領日本偵探界最高殿堂的男人和日本首屈一指的偵探師之女，兩人的視線正面交鋒。

「小菅大概也猜我會這麼判斷，所以已經替我想好劇本。關於南井之死，是因爲地板溼滑，他不小心一腳踩滑滑倒，後腦杓遭到強烈撞擊，是意外死亡。至於馬祖基，是被從緊急入口送進來、突然精神錯亂的男子拿剪刀刺死，是殺人案件。凶手沒多久就死亡。小菅幫我整理好這份報告。這裡畢竟是日本中央醫科大學附屬『緊急推理解決院』，我們有醫生也有偵探。只要我和小菅以及高島醫師做出這樣的報告，警方一定會採信。事實上，事情也確實就此落幕。」

「原來如此。」七瀨語氣平板地說，「所以說，你這麼做，是爲了保護我父親，不讓他背負殺人凶手的罪名。」

「沒錯。當然，我把事情掩蓋下來的最大理由是爲了ＥＤＳ的未來。妳要說我是明哲保身我也沒意見。總之，『緊急推理解決院』的偵探師和助師互相殘殺一事絕對、絕對不能公諸於世。我想與事情相關的偵探師或職員都理解這點，所以沒有人再深入追究這件事。聖誕夜的事情結束後，直到今日，我們EDS仍守護這座城市的安全。但另一個在我心中佔有同等份量的想法，就是我想保護妳的父親。爲什麼南井要刺死馬祖基？我不知道。但南井義臣是我多年來一起共事，無可取代的好友。在他充滿榮耀的一生的最後一刻，要我向世人公開他犯下了殺人罪，這叫我怎麼說得出口。妳說我像處分廢棄物一樣處理南井之死，妳錯了。其實我是爲了保護我認爲最重要的事物，所以不得不如此冷漠地處理他的死亡。妳可以理解我的苦衷嗎？」

「不能理解。」

七瀨說，著把自動鉛筆舉到眼睛的高度。

她要按下開關？

文福的表情僵住了，但七瀨並沒有按下開關。她放下手，深深嘆了口氣。

「身爲院長的你光是聽到這些情報，就下了這樣的判斷嗎？」七瀨帶著些許憐憫的口氣說：

「這樣的話，我看這間『緊急推理解決院』大概也撐不了多久就要關門了吧。」

〔8〕PM04：15

十二月的天空已經逐漸昏暗。南井七瀨的出現、散播芥子毒氣的恐懼，還有關於一年前的案件的記憶正一點一滴地消磨著文福的神經，使他失去對時間的感受。他看了一眼牆上的時鐘，已經四點多了，差不多該出門了，否則就無法實現帶心愛的孫子去東京聖誕燈節的諾言。

「您今年也要去東京聖誕燈節嗎？」

七瀨似乎看穿了文福的心思，「請放心，燈節到晚上九點才結束，把事情說完再去也可以，時間綽綽有餘。」

事情？事情已經說完了，不是嗎？

「院長大人，」七瀨嚴肅地說，「你聽了從小菅室長、亞披勒、鵜飼偵探師以及其他兼任的偵探師的報告，對吧？照理說，你可以自由組合這些片斷知識，得出事件全貌才對，但你卻選擇讓這件事石沉大海。你身爲ＥＤＳ的院長，因爲害怕自己向警察提供捏造報告一事遭到揭穿，所以選擇掩蓋現場的眞相，視而不見。你只有這點能耐嗎？」

七瀨冷淡的語氣，過分的用詞，就連文福也沉不住氣。

「不然妳說我還能怎麼做？」

七瀨的視線轉向螢幕，小百合正從總務室往事務室移動。畫面上是替文福泡茶的會計職員。那位女職員平時就很疼愛小百合，正忙裡偷閒地逗弄著她。七瀨看到她的笑容，表情一瞬間柔和許多。但只有一瞬間，她隨即板起臉轉頭看著文福。

「一年前的今天，有一名東南亞人從『緊急推理解決院』的緊急入口有被抬進來。」她說，「之後發生一連串的事情中，有幾點很不尋常。每個疑點分開來看似乎微不足道，但從整個過程來看，問題很大。只是你似乎沒有發現。」

「疑點？」

「沒錯，我們一個一個來看吧。第一個疑點就是馬祖基．麥克蒙的行動。他身為一個即將成為偵探師的資深助師，為什麼在兩個半小時內毫無作為？以他的能力，應該有辦法在最短的時間內做好適當處置，找到最適合的偵探師才對。」

文福沉默。

「這是第一點。第二點是我父親南井義臣的行動。為何我父親沒有在委託人死亡後立刻報警，而是和小菅室長用葡萄牙文談話。第三，為何我父親要把馬祖基助師叫進房間？他們談了些什麼？」

七瀨一邊指出疑點，一邊屈指計算著。

「第四點是鵜飼偵探師和小菅室長的行動。他們都是有能力只靠委託人曖昧不明的描述，就能還原事件全貌的偵探師，為何這次兩人聯手還無法做出結論？不，他們是不願意做出結論。『我父親和馬祖基助師都可能是先發動攻擊的人。』怎麼想都不可能是『緊急推理解決院』的偵探師會做出來的結論。將這些疑點放在一起看，不禁讓人懷疑，相關人士們似乎隱瞞了一些事實。」

文福沒有回答，在七瀨指出之前，他從未察覺這些疑點。

「我們再好好重新思考一次那天到底發生了什麼事。整件事情的最關鍵人物當然就是委託人丹戎。他究竟是什麼人？爲什麼會在全身被大火燒傷的狀態下，被送進這裡？到底是誰燒傷他，並把他丟棄在新宿中央公園？必須先釐清這兩件事。」

「妳說釐清，」文福困惑地說，「怎麼釐清？事情發生後，屍體馬上被警察領走了。」

「你說的沒錯。」七瀨也同意，「所以只能靠想像了。幸好我不是偵探，不負責任地想像也不會受到批評，所以就讓我隨意想像吧。丹戎最先見到的人是亞披勒助師，緊接著是馬祖基助師，再來是治療室室長高島醫生。每一個人都提出相同的意見，認爲丹戎疑似因爲火災導致全身燒傷，只有我父親看了丹戎一眼就臉色大變。爲何我父親會臉色大變？這是我的想像。說不定，丹戎的症狀並非燒傷，而是一種不管是助師和醫師都看不出來，只有我父親知道的症狀。我父親和其他偵探師擅長的領域不同，是一個非常專門，講求特殊知識的科別，也就是毒物推理科。」

聽到七瀨這一番話，文福腦中靈光乍現，他了解七瀨的意思了。

「妳是說芥子毒氣嗎……」

七瀨瞇起雙眼。

「是不是芥子毒氣不知道，總之應該是會造成潰爛的毒氣。我猜丹戎因爲觸碰到毒氣，所以才變成那樣。觸碰到芥子毒氣會出現什麼症狀？皮膚潰爛、變色，起水泡，和燒傷的症狀有許多共通點。對於沒有毒物知識的人來說，把他的狀況判斷爲燒傷一點也不奇怪。假設——我們就當它是芥子毒氣好了——丹戎接觸到芥子毒氣，附近的人應該會立刻替他用大量清水沖洗，盡快沖淡他身上的芥子毒氣才對。」

「……」

「再來，爲什麼丹戎會接觸到芥子毒氣？這個東西在現代的日本並不容易取得。以前舊日本軍曾將大量的芥子毒氣丟到海中，引發很大的騷動，但最近沒聽說過類似的事件。假使眞的發生類似的意外，他就不會被送來『緊急推理解決院』了，附近的人應該會立刻報警。事情卻不是如此，而是丹戎被丟棄在新宿中央公園。以這個狀況來看，不難想像丹戎的眞實身分。他其實是恐怖分子，正計畫使用芥子毒氣進行恐怖攻擊。」

文福啞口無言，七瀨的話實在太具衝擊性了。只見七瀨冷冷地繼續說：

「丹戎爲什麼要在日本進行恐怖攻擊？這個想像空間又更大了。事情發生在二〇〇三年十二月二十四日。二〇〇三年發生了什麼事？全世界的人應該都記得，伊拉克戰爭。基督教國家美利堅合眾國攻擊回教國家伊拉克，這是去年發生的事。後來，世人逐漸發現，那場戰爭根本是師出無名，沒有必要，因此惹惱了許多回教徒。印尼是全世界回教徒最多的國家。另一方面，日本則是公開並且大力支持美國攻擊伊拉克的國家。案件發生當天正好是聖誕夜，是基督教最重要的日子。回教基本教義派的恐怖分子會選在這一天對日本進行恐怖攻擊一點也不奇怪。畢竟與美國相比，日本離印尼近多了，而且有許多印尼人住在日本，更容易潛伏在此獲得支援，當成恐怖攻擊的目標再適合不過了。」

「可、可是，」文福幾乎未經思考就脫口而出，「去年又沒有發生恐怖攻擊事件……」

「沒錯。所以這時候就要思考『緊急推理解決院』和他們的恐怖攻擊計畫，有什麼關係。」

「有、有什麼關係……？」

文福完全無法理解，「緊急推理解決院」的偵探師是靠聰明才智決勝負，基本上不太可能與恐怖攻擊這類製造社會動盪的事情扯上關係。

「丹戎在準備芥子毒氣的時候，不小心弄到自己身上，一旁的同伴趕緊替他沖水。他的同伴判斷他受傷過重，恐怕回天乏術，所以取走他身上可以識別身分的物品。如果只是單純的丟棄，不可能還特地把他抬去新宿中央公園。這些恐怖分子可能打算將丹戎喬裝成遊民，丟棄在公園。」

「……」

文福心頭一涼，彷彿吞了一大口冰塊似的。新宿中央公園就在「緊急推理解決院」旁邊。在守護日本治安的機構附近，居然曾有恐怖分子秘密計畫可怕的恐怖攻擊。

「他被人發現後，就被抬進這裡。一開始處理的是亞披勒助師。亞披勒助師看到丹戎悽慘的狀態無能爲力，但他聽到丹戎氣若游絲的呢喃，所以把馬祖基找來。事情發展到這個階段，馬祖基終於出現了。」

七瀨用與她父親同一個模子印出來似的雙眸看著文福。

「他是整件事中最關鍵的人物。」

〔9〕PM06：15

「其實我早就知道馬祖基助師的來歷。」

窗外已經完全昏暗。從文福見到七瀨以來，已經超過八個小時了。他專注地回想並描述整件事情的經過，沒注意到時間飛快流逝。但七瀨並未露出疲態，繼續說：

「聽說他即將從助師升爲爲偵探師。他的確是非常優秀的人才，優秀到讓人懷疑他爲何還沒成爲偵探師。他有敏銳的觀察力、反應靈敏、行動力強，最重要的是他有一顆聰明的頭腦。這樣的人怎麼會在處理丹戎的狀況時顯得左支右絀？這是我的想像。他觀察丹戎的傷之後，發現這不是火災造成的燒傷。當然，他不一定能斷定是芥子毒氣造成，但他直覺這是某種化學藥劑潑到造成的發炎症狀。可是被化學藥劑潑到的人，爲何會這樣被人抬進這裡？想到這裡，馬祖基開始思考丹戎的眞實身分。他接下來的思考流程和我剛才一樣，最後推斷出日本即將發生一起恐怖攻擊。那麼，接下來他會怎麼應對？」

文福呑了一口口水。

「馬祖基助師是虔誠的回教徒。雖然他本身並非基本教義派或激進派，但我猜他對伊拉克戰爭依然難以釋懷，包括對自己所愛、生活的日本居然支持戰爭這件事。今天是聖誕夜，日本各地都在熱鬧地慶祝節日。但在伊拉克，說不定還有許多人正惶惶度日，害怕沒有明天。我聽說寬容是回教的基本教義之一，但我想他仍對此感到忿忿不平。這時，一名垂死的恐怖分子突然出現在他的眼前。這一瞬間——就在這一瞬間，馬祖基的腦中閃過一個念頭，假使不把這個男人交給偵探師，讓眞相石沉大海，事情會變得如何？」

文福知道自己的表情完全僵住了，坐在對面的七瀨的表情也變得十分陰沉，彷彿正在宣布非常沉重的消息。

「他心中或許有點想將這一切交給神來決定。一方面他完全不希望恐怖分子能夠得逞，但一方面他又想給這個輕易支持戰爭這種大量殺人行爲的國家一點教訓，因此他陷入天人交戰。最後，他決定拖延解決事情的時間。他不打算積極協助恐怖攻擊計畫，但也不戳破它。無論最後恐怖攻擊是成功執行或遭到阻止，他都無所謂，這就是他的決定。他回想當時執勤的偵探師的專長，並從相關性最低的偵探師開始找起。女性推理科、動物推理科，以及小兒推理科這三個科別明顯無關，他就沒有叫。他先從乍看之下專長相關，但其實不適合的偵探師開始找起。外國人推理科、運動推理科、民俗學推理科，每個科別的偵探師都很優秀，但專長不符。假使當天只有一位偵探師留守，大概就會接下這個案件，而且很可能解開眞相。然而那些偵探師可能認爲，這裡還有其他科別的偵探師，即使自己沒有接下來，應該有其他更適合的偵探師會處理吧——這樣的想法正中馬祖基助師的下懷。最後果然如他所料，偵探師紛紛以不是自己的專長爲由，拒絕接下丹戎的案子。在他這樣不斷這麼做之下，時間一分一秒地過去了。」

怎麼會這樣？

文福聽到七瀨的分析，內心再次受到衝擊。不把所有案件交由某名超人般的偵探負責，而是像綜合醫院一樣依專長分門別類，視情況決定負責人選，藉此提高揭開眞相的機率，提升解決案件的效率——這正是「緊急推理解決院」賴以生存的經營模式。事實證明，這樣的模式獲得極大的成功，法務省甚至還要求他提交營運系統的相關文件。沒想到這樣的系統反而成爲幫凶，而且還是被一個資深助師利用了。這個事實帶給文福極大的打擊。七瀨用憐憫的眼神看著文福，繼續說：

「事情完全按照馬祖基的算計發展。在丹戎被送進來到死亡的兩個小時半內，他成功拖延恐怖攻擊遭到阻止。假使這件事就這樣結束，一年前的聖誕夜大概就會變成人間地獄。不過既然他把最後的結果交給神決定，神在最後一刻作出決定，那就是讓南井義臣去洗手間。我父親從洗手間回解決室的時候，在緊急推理處置室前停下腳步。他看到垂死的丹戎，以及兩名助師忙進忙出的身影——當然，其中一個人是故意的。我父親看了丹戎一眼就認出他身上的傷是芥子毒氣造成的。接著，如同馬祖基的判斷，我父親也識破丹戎是恐怖分子，還知道今天就是他們的行動日。不僅如此，我父親還看穿馬祖基助師濫用處理急重症病患的系統，刻意封鎖危險情報。」

七瀨的雙眼燃起熊熊怒火，「我父親爲了阻止恐怖攻擊，只能立刻採取行動。他先找來安東尼奧小菅室長，請室長向當局報告這件事。室長和當局往來密切，由他當窗口比較容易聯繫得上。原本這些話不應該在馬祖基面前說，但礙於時間緊迫，我父親靈機一動，只要在馬祖基面前說葡萄牙文，就能避免他的干擾。我父親用葡萄牙文把恐怖組織的攻擊目標以及時間告訴小菅室長。」

「他、」文福想說話，但聲音卡在喉嚨，無法順利發聲，「他怎麼知道地點和時間？他要怎麼從無法開口的委託人那裡得到這些情報？」

「靠隻字片語。」七瀨語氣堅定地回答，彷彿以自己父親的洞察力爲傲。

「丹戎被送進EDS只說了兩次話。一次是疑似在說自己名字的『丹戎』，另一次是讓亞披勒以爲指的是馬祖基的『mar……』。亞披勒告訴我父親這件事。院長大人，我父親只靠著這些情報就能洞察所有事。丹戎想說的不是『marzuki』（馬祖基），而是『marunouchi』（丸之內）。丸之內，他指的是東京車站丸之內出口。」

文福的身體劇烈地抖了一下。他想起，去年的聖誕夜自己就在丸之內。

「東京聖誕燈節……」

「沒錯，東京聖誕燈節這個活動從聖誕夜開始舉辦。活動名稱中的『Millenario』就是源自於基督教的『千禧年』（Millennium）（註）。燈節的開場時間正好是聖誕夜，張燈結綵給人一種慶祝節日的感覺。據說這個燈節共用掉一百四十萬個裝飾燈泡，這些燈泡從哪裡來的？都是從中東運來的原油製造而成。作爲報復伊拉克戰爭的恐怖攻擊行動，還有比這個更適合的標的嗎？一個晚上超過三十萬人次的東京聖誕燈會，恐怖分子就打算在那裡釋放芥子毒氣，假如他們眞的成功，死傷人數絕對會超越紐約的九一一恐怖攻擊。」

「妳是說、」文福有些喘不過氣，「是南井阻止了這件事情……」

「我父親看穿他們的企圖，而小菅室長和治安部隊阻止了恐怖攻擊。」七瀨回答，「丹戎死亡的時間是下午四點四分，對吧。東京聖誕燈會的開始時間是下午五點三十分左右。換句話說，當局必須在這一個半小時內，派遣治安部隊到丸之內，將恐怖分子繩之以法。由於『緊急推理解決院』功績彪炳，受到當局極大的信賴。他們相信解決室室長提出的假設，當局的判斷也很迅速。一年前，剛好在聖誕夜前一個星期的十二月十七日，管轄範圍涵蓋舉辦東京聖誕燈節地點的丸之內警察署，以及管轄範圍涵蓋EDS所在的新宿警察署的通訊機能遭到破壞，仍未完全恢復這件事，也加快了當局做決定的速度。我想那天在場的東南亞人應該全都被抓起來盤查身分以及調查身上攜帶的物品。其中大多數人應該

註：「Millenario」是義大利文的「千禧年」的意思。

都是善良的普通人，雖然對他們很不好意思，但日本政府也只能這麼做了。幸好，帶著芥子毒氣的恐怖分子遭到逮捕，總算成功阻止了恐怖攻擊計畫。」

文福心想，七瀨說的沒錯。那天他自己也和孫子開心地徜徉在燈海之中，並心滿意足地踏上回家之路。沒想到，南井和小菅在背後付出這麼多努力。

七瀨的語氣稍微緩和下來。

「之後的事，您就知道了吧。父親將馬祖基助師帶回自己的解決室。因爲他必須確認馬祖基助師究竟是恐怖分子、共犯，抑或只是處理方式不妥。他先在心中假設馬祖基助師是恐怖分子，有可能會攻擊自己，所以必須先藏一把剪刀在身上。但我父親發現馬祖基助師雖然不是恐怖分子，也不是共犯，但他消極地協助此事發生，這是身爲這裡的員工絕對禁止的行爲。父親判斷必須立刻驅逐馬祖基助師。這時，連身懷身優秀推理能力，甚至即將升格爲『緊急推理解決院』偵探師的馬祖基助師也不由得愣住了。他知道自己的行爲已經斷送自己的前途，所以他發出怒吼，攻擊我父親。早就料想到這點的父親拿出剪刀防身。然而絕望帶給馬祖基助師異常的力量，即使腹部被剪刀刺中，仍然撲向我父親。出乎預料的力量使我父親身體失去平衡，最後不幸身亡。」

七瀨話說至此，緊咬下唇，她左手的自動鉛筆不斷抖動。但她很快地抬起頭，盯著文福。

「恐怖攻擊成功阻止了，但當局不因此滿足。日本差點遭到恐怖攻擊這件事，必須嚴格保密，因爲光是公開這個消息就足以讓日本舉國陷入恐慌。既然恐怖攻擊未遂的凶手遭到逮捕一事不能公諸於世，由同一凶手所犯下的警察署爆炸案，即使破案了，也不能對外公開。當局即使犧牲了警察的面子，也不讓這件事公諸於世。因此，與此案有關的人士都被下達嚴格的封口令，其中當然也包括小菅室長和鵜飼偵探師，而他們也只能遵從。他們沒有對你報告眞相也是因爲這個原因。不但如此，他們還誘導你做出將掩蓋事件的決定。他們不需要提出建議，只要巧妙竄改報告內容，讓你做出他們想要的判斷即可。沒有人可以躲過一流偵探師所設下的圈套。値得慶幸的是，你將我父親的死當成意外，公事公辦了——文福院長。」

文福聽到自己的名字，忍不住顫抖了一下。七瀨盯著文福看的模樣散發出一種高雅的美感。

「你說你爲了維護我父親的名譽，故意隱瞞眞相。但事實卻是你連眞相的邊都勾不上。我父親憑著委託人的狀態和隻字片語就掌握了威脅日本的恐怖攻擊，並成功阻止它發生。這樣的功績卻被你說是『因爲不明原因，先發動攻擊。』你果然不是偵探，只是一個坐辦公桌的。」

七瀨說完了。

文福深受打擊。他以爲自己的行動是爲了維護南井義臣的名譽，是一件好事。沒想到這個決定，等於是藐視南井的能力，這對身爲「緊急推理解決院」偵探師的人而言，無疑是最大的侮辱。

文福終於理解七瀨出現在自己面前的理由。七瀨大概是從某個員工——大概是年齡接近的亞披勒吧——打聽到詳細經過，再以她遺傳自父親的清晰頭腦，抽絲剝繭出眞相。七瀨不允許有人侮辱她父親，而且還是一個和他父親共事最久的人。因此，她才會選在東京聖誕燈節開始的聖誕夜，也就是今天，特地前來這裡說出眞相。

「我——」文福緩緩抬起頭，「我該怎麼彌補這件事才好？」

文福亂了分寸，正因爲不知道，才會開口。七瀨正要說話時，門打開了。門的那頭，戴著聖誕帽的上杉小百合正站在那兒。

〔10〕PM06：45

「啊，大姊姊。」

小百合雀躍地踏入室內，背上掛著一個背包。

「嗨，小百合。」

七瀨露出微笑，要小百合坐在自己旁邊的沙發上，「媽媽還在工作嗎？」

「她說七點之前會結束，叫我再等一下。」

「那也快了啊。」

文福滿腹疑惑地看著兩人愉快交談。他心想，七瀨不是爲了讓自己說出事情的始末，才把芥子毒氣裝在小百合身上嗎？如今在院內隨處亂晃的小百合進到院長室來，她也可能會成爲芥子毒氣的犧牲者，卻還這麼輕鬆愉快地交談。七瀨不害怕嗎？

「咦，這是自動鉛筆嗎？」

七瀨把自動鉛筆拿到小百合面前，「是啊，小百合沒有嗎？」

小百合一臉憂愁地說，「嗯，學校說只能用鉛筆。」

「那妳可以在家裡用啊，來，這給妳。」

說完，七瀨把自動鉛筆遞給小百合。

——什麼？

小百合雙眼閃閃發亮，「哇——可以嗎？」

「當然可以啊，不過妳要答應我，要好好用功念書哦。」

「我會、我會。」

小百合心不在焉地回答，直盯著手上的自動鉛筆看。她把拇指放在筆頭，用力一按。

「————！」

文福差點大喊出聲，彷彿看到背包噴灑出芥子毒氣，自己身體潰爛的幻覺。

但是，不斷從自動鉛筆跑出來的，是黑色筆芯。

每按一下筆頭，筆芯就伸得愈長，小百合開心地看著。七瀨拿出一張紙給她，小百合便高興地拿著剛到手的自動鉛筆畫起圖來。

芥子毒氣沒有噴出來。僅僅一瞬間，文福便已全身冒冷汗。緊繃過頭的文福癱在沙發上，深深吐了一口氣。

「怎麼啦，院長大人。」

七瀨露出沉穩的微笑，「我從來沒說過我製造或設置了芥子毒氣的開關喔。」

七瀨把沉浸在畫圖的小百合的背包打開，從裡面拿出一隻熊貓布偶，而不是文福心想的芥子毒氣。

「『緊急推理解決院』是一間很了不起的機構。」

七瀨對著無力文福溫柔地說，「從日常的疑問到撼動人生的大事件，這裡的偵探師都能立即替人們解決。不僅如此——」七瀨直視文福的眼睛，「甚至可以保護國家的安全，這就是EDS。你應該要更爲這一點驕傲，我想說的只有這個。」

南井義臣的女兒七瀨用這句話結論。她把桌上的東西一一收進托特包，筆電、保溫瓶，至於用過的茶杯，爲了怕弄溼托特包，她放進事先準備好的塑膠袋裡。

全部整理好之後，七瀨起身，望向窗外。

「噢，已經下雪了。」

文福跟著看向窗外，窗外一片闃黑，可看見點點白雪飄落。

「今天晚上是白色聖誕。」

「──是啊。」

文福含糊地回應，直盯著手上的自動鉛筆。那支七瀨遞給他，而他一直以為會噴出芥子毒氣的自動鉛筆。文福此時回想起來仍不敢置信，自己居然會被這東西耍得團團轉。為什麼自己會如此深信七瀨會設置芥子毒氣？是因為一年前EDS差點連帶遭受攻擊的警署爆炸案尚未解決的關係？或是知道七瀨在品川化學工業上班的關係？還是一開始喝到沾上苦味劑的玄米茶的時候？抑或是因為南井義臣的不幸死亡一直在腦中揮之不去的緣故？這些可能都是原因。但比這些原因更重要的，是七瀨全身上下都散發著令他畏懼的氛圍。那股魄力讓人覺得她會為了達到目的而不擇手段，甚至不惜散播芥子毒氣。簡單來說，她本身的存在就是一股強大的說服力，設置芥子毒氣這種根本是天方夜譚的事情，出自她口中就會讓人信以為真。

當七瀨牽著小百合的手快要走出房間的時候，文福癱坐在沙發上，把玩著手中的自動鉛筆，他把拇指放在筆頭上，正要按下時──

「──啊。」

七瀨突然發出聲音，文福停下手中的動作。

「怎麼了？」

「話先說在前頭，」七瀨一本正經地說，「我拿給小百合的是一般的自動鉛筆，但我可沒說拿給你的那支，裡面沒裝任何東西哦。」

文福全身寒毛直豎，肌肉緊繃，一動也不能動。手上的自動鉛筆忽然變得好沉，明明只是普通的文具，拿起來卻那麼沉——

七瀨並不打算用芥子毒氣殺害眾人，但或許她裝設了一人份——只夠殺死一個人份量的芥子毒氣在自動鉛筆上也說不定。

七瀨走出房間時，對著全身僵硬的文福說：

「院長，聖誕快樂。」

請自由使用

隸屬埼玉縣警的宮澤，等前輩松江刑警坐在長椅後，自己也跟著坐下。這裡是住宅區的兒童公園。他打開從附近的自動販賣機買來的罐裝咖啡，喝了一口，深深嘆口氣。

「這樣就六十五個人了，全部都說沒有。」宮澤打開記事本，再次確認內容。

「還有幾個人要問？」

松江回答，「光我們縣內，一共要問兩百三十七人。」

宮澤露出不耐煩的表情，「根本沒完沒了嘛。」

事情發生在離埼玉縣十分遙遠的九州，是一個非常小的案件。

大分縣別府市市內，一名叫安田的二十多歲男性被發現死在公寓套房。經過調查，警方得知安田是大分藥科大學的學生，他從研究室中竊取氰化物後服毒自殺。到目前爲止的情報很清楚，但問題是，警方調查安田待的研究室後發現，氰化物的殘餘數量比記錄少了一百公克。想要自殺，絕對用不到一百公克的氰化物。既然如此，沒用在自殺的氰化物到哪裡去了？

線索就在安田的房間。一個是安田從大學圖書館借來的畢業生名冊，另一個是一只裝著許多夾鏈袋的空袋子。這兩樣湊在一起，就能看出一些端倪了。精神有問題到甚至不惜自殺的安田，打算用夾鏈袋分裝氰化物，分送給畢業生。使用畢業紀念冊的理由，大概是想要隨機分送。

沒多久，這個假設就被證明是對的。一名畢業生向警察通報「收到奇怪的郵件」。在這封沒有寫寄件人的信封中，共有兩樣東西，一個是寫著『這是氰化物，請自由使用。』的一張卡片，以及被裝在夾鏈袋中的氰化物。

這名叫相川的畢業生，是大安田兩屆的學長。警方向他詢問對安田的印象，他回答，「這麼一說，我才想起好像有這麼一個學弟，沒什麼印象。」簡單來說，他們沒什麼交情。翻開名冊一看，相川的名字排在第一個，因爲是照五十音的順序排列。看來，安田似乎是按照名冊的排列順序開始寄送。

但寄到相川手中的氰化物只有一公克。假設安田用了幾公克自殺，代表還有九十幾公克的氰化物仍下落不明。

結果，全國的警察都爲此事出動了。大分藥科大學的畢業生大約六千名，其中約四千名健在。這些人遍及全國各地。警方必須找出其中的九十人，回收氰化物。宮澤和松江得按照名冊上記載的住在埼玉縣的畢業生，一個一個拜訪，詢問對方是否收到奇怪的郵件，截至目前爲止，全都撲空。

「他做這種事到底有什麼意義啊，很好玩嗎？」

聽到宮澤的抱怨，松江輕描淡寫地回答：

「安田在遺書中，綿延不絕地寫下對世間一切的怨恨。他大概希望藉著這樣把氰化物隨機分送出去，然後引起日本各地發生毒殺事件的連鎖效應吧。每個人都有看不順眼的人，有些人收到毒藥，可能會開始考慮拿它來毒害某人。而且每個畢業生，應該都對毒藥有相當的知識，也都會使用這些東西。安田這麼做的目的，無非就是希望用最有效率的方式讓世界陷入混亂。」

松江的一番話讓宮澤的心情陷入黯淡。他想到那個策劃著不弄髒自己的手、隨機殺人的男人，還有那些收到氰化物卻不通報警方的畢業生。還有松江說每個人都有看不順眼的人。難道這些畢業生都會小心翼翼地收藏好氰化物，爲的就是有朝一日能夠殺害看不順眼的傢伙？爲了怕氰化物失去毒性，還會避免陽光直射，小心地存放在冷藏庫中？日本的社會什麼時候變得這麼荒唐？大家爲了殺害某人，平時就準備好謀殺的道具？

「怎麼了？」

聽到松江的聲音，宮澤回過神來，他剛才不小心陷入了沉思。宮澤把剛才在腦中思考的事情告訴前輩。

「我說的沒錯吧。」宮澤拉高聲調，「畢竟我可不是爲了保護這種社會才當警察的。」

但松江並沒有表示同意，而是默默地盯著罐裝咖啡看。他保持這個姿勢好一段時間後，終於拿起罐裝咖啡湊近嘴邊，一口氣喝了半罐，「——原來如此。」

宮澤不懂這句話的意思，側著頭問，「前輩說原來如此，是什麼意思？」

松江轉過頭看著宮澤說：

「你說的沒錯，這個社會確實不怎麼可愛。但我就是相信這個社會還沒腐敗到無可救藥的地步，才來做這份工作，所以我試著換另一個角度來思考這件事。」

「結果呢？」

「收到氰化物卻不通報警察，這社會眞荒唐——這是你的想法，我想全日本的警察也都會這麼認爲，但要是其實不是這麼一回事呢？假使日本還沒墮落到這個地步，那麼怎麼可能都沒有人通報警察？這太不自然了。也就是說，會不會根本沒有人收到氰化物？」

「——什麼？」

宮澤忍不住反問，松江繼續說：

「如果我的假設是正確的，那麼通報警察的相川，就變成是個突兀的存在。想想看，我們一直以沒通報警察的畢業生爲對象，確認他們有沒有藏匿氰化物。換句話說，對我們來說，活在世上的四千人，全都有嫌疑。但這些人之中，只有一個人被排除在嫌疑之外。」

「相川……」

宮澤呢喃，他總算了解前輩的意思了。

「安田並沒有把氰化物寄出去，他把剩下的氰化物全給了相川。恐怕相川和安田之間有什麼不可告人的關係。安田借閱畢業生名冊，準備夾鏈袋，都是故意混淆警方的調查。而相川，靠著收到一公克的氰化物，就能躲過警方的調查。他打算當自己被排除之外，再使用剩下的氰化物。他爲什麼不直接偷偷地進行計畫？理由有兩個。一個是，這麼做可以讓全日本的警察疲於奔命，短時間內讓日本的治安惡化。另一個，他故意等警察了解狀況，提出因應對策，並讓自己躲過警方的調查之後，再下手，這樣帶給社會的衝擊會更大。這就是相川和安田的企圖。」

松江起身，宮澤也跟著起身。

「我要向課長報告這件事。畢業生的確認還是要繼續，和鎖定相川同時進行。」

松江一說完便小跑步離開。

在相川把氰化物投入淨水廠之前，警方便逮捕他了。松江的假設是正確的。

一名爲了掌握確切證據搜索相川家的警官，讀了相川的日記後，感到非常憂鬱。因爲日記中綿延不絕地寫著對世間一切的怨恨。

內容和安田的遺書一模一樣。

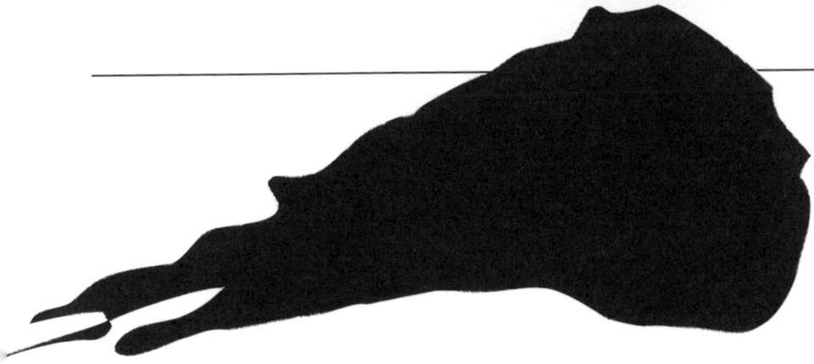

自殺少女

眼前有一具屍體。

由於我們的出現，原本聚集在一起的烏鴉又飛散開了。經過烏鴉的摧殘，那人的臉悽慘無比。眼球和嘴唇都被啄走，相貌不成人形。恐怕就連那人的父母也不敢肯定那是自己的小孩。

「喂。」

我對身旁的同伴說：

「看到這樣，妳還想死嗎？」

*

車站前的大時鐘指著早上六點三十分。

天還沒完全亮，四周仍有些昏暗。這個時間，車站周邊還沒出現人潮。我把車停在迴轉道上，熄火、下車，把視線移向大時鐘。這裡是城裡熱門的碰面地點。我才看了大時鐘一眼，就看見約好的人出現。

那是一名年輕的女性。她留了一頭栗色短髮，戴著紅框眼鏡，看來大概是高中生。說是女性，不如稱她爲少女可能更合適。現在站在大時鐘下方的人只有她。

她穿著深藍色粗呢大衣，圍著白色圍巾，牛仔褲褲管折起，踩著一雙帆布鞋，看起來就像放寒假的高中生。她手上拿著我們約好的信物——這裡沒有的百貨公司紙袋。沒錯，就是她。

我向少女搭話，「妳是『羅連若』嗎？」（註）

少女身體微微顫抖了一下，轉頭看我。她不算是美少女，但臉蛋十分可愛，被寒冷凍紅的臉頰顯得有些僵硬。

「——亞夏嗎？」

我直接用「早安」代替回答，她也回我「早安。」

我用拇指指著身後的愛車，「我們出發吧。」

「好，麻煩了。」

我們一起上車。我轉動鑰匙，伴隨著輕快的聲音，引擎發動了。雖然是車齡十年的中古輕型車，但狀況還不錯。這台車是特地為了今天買的。

「我勘查的那個地點，離這裡大概一個小時車程吧。」

當暖氣將車內變得溫暖時，我開口，「那地方氣氛不錯，湖畔的工廠。現在已經變成廢墟，所以不會在寒冬早晨時看到來湖邊觀光的醉漢，不用擔心被打擾。」

羅連若沒有說話，只是默默點頭。她一直看著正前方。我繼續說：

註：「ろおれんぞ」，與芥川龍之介〈奉教人之死〉的主角同名。

「我東西都準備好了。炭爐、木炭、燒炭器和木炭夾，還有膠帶。爲了掩飾目的，我還買了烤肉網，妳想要的話還可以烤麻糬。不，既然要喝酒，還是烤魚乾比較搭。」

少女對我的玩笑話完全沒有反應，我轉頭對著她側臉問：

「妳也準備好了嗎？」

「嗯。」她終於轉頭看我，「照約定，我帶了安眠藥來。」

少女把手伸進粗呢大衣的口袋裡翻找，拿出一片銀色的錫箔包，上面有許多凸出來的形狀，裡面應該都是藥丸吧。

「這樣啊。」我點頭，「那我就放心了。」

我說的是眞心話。雖然我和羅連若來往過幾封電子郵件，但今天還是頭一遭碰面。我本來有點擔心她眞的有辦法拿到安眠藥嗎？爲了怕她沒拿到安眠藥，我還特地準備了烈酒幫助昏睡。

「我媽媽在拿處方藥。」羅連若說：

「不知道是不是那個醫生做事太馬虎，每一次都開很多，我只要偷拿一小部分就好了，很簡單。」

原來是這麼回事。不知道她決定自殺的原因，跟她那個有失眠問題的媽媽有沒有關係，不過這對我來說一點都不重要。我們講好不打探對方自殺的動機。總之，安眠藥確定到手就夠了。

「那我們萬事具備了。」

我踩下油門。

「那麼就往自殺地點前進吧。出發！」

我很早以前就決定，一結束學生生活就自殺我想靠著父母親的庇蔭，開開心心地生活後，在必須找工作養活自己之前，趕快去死。簡單來說，就是吃乾抹淨就閃人。

雖說如此，時間還是有可能延長。大學雖然只有四年，但只要再去念研究所就好了。事實上我還眞的去考了研究所，也考上了。其實只要繼續活下去，我從四月開始就可以成爲研究生，展開新一波的啃老生活。假如再念博士，至少還可以過上五年吃喝玩樂的生活。但是還要再活五年也太麻煩了，所以我決定今年冬天就去死。

不過一個人死實在太寂寞了，我想找個人作伴。只是必須選一個心甘情願，又不會惹麻煩的傢伙。我愼重地從網路上一大堆想自殺的人。之中挑選，總算找到一個可以讓我放心的人，就是網路名稱叫羅連若的她。我主動問她，「要不要一起死？」

她答應我了。接著我們來回了幾封電子郵件，最後決定今天出發。

「眞是鬆了一口氣。」

羅連若大概比較放鬆了，心情不再那麼緊張，她靠向椅背上，「幸好亞夏是女生。」

羅連若放心的原因和我一樣。透過網路認識，在見面前根本無從得知對方的眞實身分。說不定羅連若其實是個僞裝成女性的男人，結果我到約定地點看到的是一個壯碩的大叔。若一心爲了自殺，漫不經心地赴約，搞不好會被抓起來強暴之外，連錢都會被搶走，這可不是開玩笑的。所以當我看一個個子嬌小的少女站在那裡時，心裡眞的鬆了一口氣。

「妳吃過早餐了嗎？」

羅連若默默搖頭。

「那麼先塡飽肚子吧。空腹喝酒會想吐的，妳也不希望人生最後的感覺是爛醉吧？」

我在她回答之前，就把車子停在速食店的得來速車道。我點了兩份最貴的早餐組合。付完錢，我接過裝著早餐的紙袋，遞給她後，把車子往前開。

「請妳吃。」

我大方地說。其實也不是大方，反正待會兒就要死了，錢又不重要。我只是出清多餘的東西而已。即使如此，羅連若還是說了聲「謝謝，」才打開紙袋。她從裡頭拿出一個漢堡給我。我用左手收下，一邊開車一邊大快朵頤。這是配備動力方向盤的自排車才能有的享受。話說回來，人生的最後一餐是漢堡未免也太過乏味。我剛才開玩笑說要吃烤魚乾，可是說不定這樣還比較有意思——我開始胡思亂想起來。

吃完漢堡，咖啡溫度降到適合入口的時候，車子正開進通往湖邊的道路。主幹道旁的公車站牌就是我用來認路的標誌。接下來，只要繼續往裡面開，就會抵達湖畔。沿著湖邊開兩分鐘，就是我們的目的地。從主幹道轉進來開始算，抵達目的地也要十分鐘左右。當我們抵達工廠廢墟的時候，我的咖啡也快喝完了。

工廠廢墟被高牆包圍。一個可能是正門的地方像是被切割過的凹槽，開了一個大洞。這裡以前應該裝設著鐵門，大概被誰偷走了，只能用門戶大開來形容。聽說最近廢鐵可以賣到不錯的價錢，在世風日下的現在，連下水道人孔蓋都會被偷去賣錢。可以想見，在這種偏僻的地方，小偷怎麼可能讓大量的廢鐵閒置在此。恐怕工廠裡的廢鐵也早就被洗劫一空了。

總之，沒有大門對於一大早就來拜訪的我們來說，再方便不過了。我可以直接把車開進工廠用地，並停在建築物的後面，在不被人發現或責備的狀況下自殺。我把車子開進圍牆內。

我們在荒煙蔓草的工廠中前進，無論是圍牆內側，或是牆壁，全都是塗鴉。地面上散落著泡麵空碗，和喝完亂丟的空啤酒罐。最適合自殺的場所，通常也是最適合幹壞事的地點。暴走族大概每晚都在這裡鬧事吧，或許他們今天晚上過來就會發現我們的屍體。

四周杳無人跡，但並非悄然無聲。附近傳來烏鴉的叫聲，而且似乎離我們相當近。

「好討厭。」我皺起眉頭：

「眞不舒服。」

「不過倒是很適合作爲死亡的場景，不是嗎？」

羅連若笑了一下，這是我從今天早上以來，第一次看見她笑。

「說的也是。」

我也笑了起來，繼續往前開。建築物後方，有一塊寬廣的空地，原來應該是停車場，上頭有鋪過柏油的痕跡。我事先來勘察的時候，就決定要死在這裡。躲在建築物後方的好處是，萬一有人經過工廠前面，也不會發現我們。

「我覺得這附近很不錯。」

我們繞過建築物側邊，來到後面時，烏鴉叫聲愈來愈清楚。原來在空地中央，稍微靠近建築物的地方，有幾隻烏鴉飛到地面，聚集在一起。這個畫面讓我想起牠們垃圾堆裡翻找食物的模樣。大概正在啄食暴走族吃剩的便當吧，我這麼想著，把車子開靠近時，烏鴉一起飛走。

那裡有什麼東西嗎？我忍不住朝烏鴉降落的地點緩緩開去。

發現了一個東西。

是屍體。

我忍不住踩下煞車。

車速雖然不快，但我們身體依然被往前甩，肩膀被安全帶勒住。

「怎、怎麼了嗎？」

帶著眼鏡的羅連若張大雙眼問。我沒有向她道歉，腦中一片空白，透過車門窗戶盯著地面看。

「亞夏？」

聽到她的聲音，我才回過神來。我丟下一句「等我一下。」便開門下車。身後聽到羅連若跟著下車時車門的開關聲。

我低頭看著躺在地面上的東西。有頭、有身體、有四肢，是人，但不成人形。的的確確是一個人——雖然我這麼認爲，但卻對自己的推斷沒有十分把握。爲什麼？因爲這個東西沒有臉。

不，這麼說或許不夠精準。這人有臉，只是沒有眼球和嘴唇。原來失去這兩樣東西，人臉看起來可以這麼不像人？我活了這麼久，直到今天早上，才知道這件事。

是烏鴉幹的好事嗎？一定是。烏鴉胡亂啃食這人柔軟的眼球和嘴唇，而這個甘受烏鴉凌虐的人，早就死了。

呃，我聽到悲鳴聲。站在一旁看見屍體的羅連若彎著腰，在我身邊開始嘔吐。唉，好不容易吃下去的早餐都吐出來了。我心裡這麼想的同時，也跟著噁心起來。於是我和羅連若肩並肩地將胃裡的東西吐出來，幸好還來得及吐在一旁，沒有吐在屍體上面。

將胃裡的東西全部吐出來後，我打開車門，拿出裝著咖啡的紙杯，用剩下的咖啡漱口。這樣還不夠，我又從後座拿出伏特加，往嘴裡倒，用濃度高達四十度的酒漱口。把伏特加吐出來後，這時才覺得口中清爽許多。我把伏特加遞給羅連若。她也跟我一樣，大口灌下伏特加漱口。大概是口中的酒精隨著呼吸被吸進肺裡，她發出可愛的咳嗽聲。

我們兩人步履蹣跚地回到車上。關上車門後，彷彿來到另一個世界——有別於屍體存在的那個世界——總算能鬆一口氣了。

「那個是……？」羅連若用沙啞的嗓音問。

我搖了搖頭說：

「應該是屍體吧，想不到其他可能。」

說完這句話後，我們一語不發，不停喘氣，酒氣飄散在狹小的車內。幾分鐘過去，我們的心情稍微平復了。

我打開伏特加，喝了一口，然後把酒瓶遞給羅連若，她接過酒瓶直接就口。她外表看起來只是個高中生，但似乎有喝酒的習慣，毫不猶豫地把烈酒往嘴裡倒。

我又呼出一大口氣後，轉頭看向副駕駛座上的少女。

「怎麼樣？要不要再看一次？」

少女猶豫不到一秒的時間。

「去看看吧。我們打算尋死的地方居然有人搶先一步，好想知道發生什麼事情。」

眞不愧是自殺自願者，竟然說她很想知道發生什麼事，實在是個可靠的夥伴。

我數了三聲，和她一起下車，小心翼翼地避過自己的嘔吐物，再次回到屍體旁邊，仔細觀察狀況。有幾隻烏鴉停在圍牆上大聲啼叫，聽起來像正忿忿不平地喊著，「快點給我讓開。」我們無視烏鴉的警告，仔細一看，這才發現屍體旁邊躺了兩隻烏鴉，看起來還沒死，不過已奄奄一息。我以指責的眼神瞪著圍牆上的烏鴉，你們的同伴都已經倒下了，還不給我老實一點。

在這隆冬的早晨，一直站著不動，令我愈來愈冷。我又喝了一口伏特加，羅連若也喝了一口。不能全部喝完，還得留下足夠吞下安眠藥的份量才行。

「是女的吧。」

羅連若喃喃說，我回答，「應該是。」只要冷靜地觀察屍體的裝扮，不難看出是一名女性。白色薄毛衣配上黑色長裙，還有看起來十分緊的高跟鞋。頭髮的顏色比羅連若還明亮，還燙了大波浪。臉上雖然沒了眼睛和嘴唇，但還是看得出化了妝。最重要的是，她的胸部很大，所以死者顯然是女性。從服裝品味和脖子膚質判斷，年紀應該比我大，但還不到中年，我想大約是二十五到三十多歲的女性。

她的左手附近，有一個小化妝包。從半開的拉鍊，可以看見裡面有一張卡片。不用特別拿出來，就可以知道這是某間位於鬧區的商務飯店的房卡。卡片上面印著「316」，應該是房間號碼，這名女性可能就是投宿在這間飯店。

「她被暴走族襲擊了嗎？」羅連若問。

這裡到了晚上，的確很可能成爲暴走族的聚集場所。昨晚這名女性在這裡遭到了暴力對待，最後遭到殺害，這樣的情節耳熟能詳；但我搖搖頭說：

「我覺得不是，她並沒有衣衫不整。」

我指著她的裙子。要是她遭到攻擊，長裙不可能這麼乾淨又整齊。我蹲在死者的腳邊，輕輕地翻起裙擺，又很快放下。

「內褲也還穿著。」

我起身。羅連若點點頭。

「沒有被強暴的話，難道說——」

我往後退。

「她是等到那些吵鬧的傢伙散去了之後才來這裡，就像我們一樣。」

我在稍遠處拿起一瓶被丟在地上的啤酒罐，湊近一聞，還聞得到啤酒的味道。換言之，這罐啤酒從被喝完丟棄到現在爲止，並沒有經過太長的時間。我確認了好幾個散落各處的空啤酒罐，一樣都聞得到啤酒的味道。昨天果然也有暴走族在這裡聚集。

這名女性應該是等暴走族離開後才到這裡來。雖然無法知道暴走族離開的確切時間，不過從他們平時的行爲模式來看，應該是天快亮的時候。

我再次仔細觀察屍體，冷靜下來之後，我已經漸漸習慣，現在看到她悽慘的面容也不會想吐了。不僅如此，反而還有幾分親近感，大概是想要尋死的心情和這名已經死亡的女性產生共鳴了。

她爲何會死？我腦中浮現這個疑問。剛才之所以直覺她是自殺，大概是因爲打算自殺的地點，被人搶先一步，所以才會聯想到自殺。但這個假設毫無根據，不如說她是遭人殺害，被棄屍於此還比較有可能。

我剛才從她脖子的肌膚推算她的年齡。再次仔細觀察後，確定她脖子沒有勒痕，所以她也不是被勒死或上吊。這麼說，她是被刺殺或被打死的嗎？

「她沒有流血。」

羅連若腦筋動得比我快。

「眞的，說不定是背部遭到刺傷。」

「要確認一下嗎？」

「好。」

我抓著屍體左肩，微微抬起身體，讓羅連若確認她的背部。

「背部也沒有出血。」

我把屍體放回地面，吐了一口氣，這時我看見一樣東西。

屍體的右手邊，掉了一個和這個地方很不搭的東西。

「這是……」

我指著掉落在死者身旁地面的東西。

那是一瓶紅酒和一個酒杯。

由於酒瓶沒有蓋好又橫倒在地面上，裡面的液體大半都流出來了。從酒瓶剩下的內容物判斷，應該是紅酒。至於一旁橫倒的酒杯，裡面還殘留著一點深紫色液體。我又發現瓶蓋就在不遠處，不過酒杯只有一個。

「她在這種地方喝酒嗎？」羅連若喃喃自語，「而且是一個人喝。」

「看來是這樣。」

我姑且同意，「而且附近也沒有看到起司或烤牛肉，所以應該是空腹喝的吧。」

羅連若嘆了一口氣，「現在不是開玩笑的時候吧。」

「抱歉、抱歉。」

我向她揮手致歉，「我只是想用輕鬆一點的方式表達，她在這種地方喝紅酒怪怪的而已。」

「輕鬆一點的方式……」

眞是的，遇上一個怪人——羅連若彷彿想這麼說似的，又嘆了一口氣，但這次她嘆到一半就停下來了。

「妳剛才說怪怪的？」

「是啊。」我試著把剛才浮現在腦中的想法說出來。

「剛才我們講到，這個人來到這裡的時間，是暴走族離開之後，對吧。所以大概是天快亮的時候，而我們抵達這裡的時間是七點半之後，因此她應該是在這段時間內喝的。會有人在這種時間喝酒嗎，就心情而言，早上可是最不適合喝酒的時間。除非是像我們這種想尋死的人。」

羅連若微微睜大眼睛。

「沒錯，妳說的沒錯。可是以現場狀況來看，這個人似乎眞的喝了紅酒。也就是說，這個人有非得在一大早喝酒的理由。」

當然，說不定這個女生有酗酒問題，不能排除這個可能——我對羅連若這麼說，同時又覺得哪裡不太對勁。對於有證據證明死者生前喝過酒這件事，我感到十分不自然。雖然一方面認爲自己能發覺這個異常之處還挺了不起的，但另一方面又好像漏掉了更重要的事。這種感覺讓我覺得屍體的狀態不太對勁，到底是哪裡有問題？

「喝酒的理由……」

當我在思考這份不自然的感覺來自何處時，羅連若似乎一直思考著紅酒的問題。她忽然「啊」了一聲。

「那、那個……」

她指著屍體旁邊說。

「咦？」我朝著她指的方向看去，是那個酒杯。當我轉爲思考爲何羅連若覺得紅酒的問題和酒杯有關時，我也「啊」地大叫出聲。

「酒裡有毒？」

羅連若輕輕點點頭。

「她會不會是喝了有毒的紅酒才死掉的？然後烏鴉舔了灑出來的酒，才會倒地不起，只是牠們喝的量沒有她那麼多，才沒有死。有這個可能，對吧？」

「妳的觀察眞敏銳。」

我眞心感到佩服。剛才發現紅酒的時候，我壓根兒忘了思考死因。羅連若卻很快地從死因不明的屍體和不自然的時間帶喝酒兩件事找到連結。眞不愧是年輕人，思考眞靈活。

「有辦法證明這個假設嗎……」

我的呢喃不是要挑戰羅連若的想法，而是自言自語，我很快地想到方法。

我打開車門，取出一張面紙，接著隔著面紙拿起酒瓶，並小心不要碰到灑出來的酒。接著慢慢把酒瓶拿到我們剛才嘔吐的地方，把剩下的酒，倒在嘔吐物上。

由於我們吃完漢堡沒多久之後就吐出來了，東西還沒完全消化。不好意思，接下來要說的話，可能會令各位覺得不舒服，總之嘔吐物還維持在稍微用點想像力，就能拼湊出原型的程度。簡單地說，可以拿來當作烏鴉的誘餌。

我把酒瓶放回原本的位置，催促羅連若一起回到車上。我發動引擎，離開現場。開了十公尺左右，我停下車，觀察屍體周邊的狀況。

那群烏鴉確定沒人打擾後，再度聚集到屍體旁邊，開始啄食死者的臉和脖子。其中有隻烏鴉靠近我的嘔吐物。牠叼起一塊較大塊，沾有紅酒的漢堡麵包，吃下去。

幾秒鐘過去，那隻烏鴉沒發生任何變化，不久之後，牠的動作開始變得不自然，像痙攣一樣地趴在地上起不來。我們觀察了一陣子，發現牠再也沒動了。

「果然沒錯。」

我輕按喇叭，接著往屍體開去，幾隻還活著的烏鴉逃也似地飛走。

我們再次下車，站在屍體旁邊。

「妳還滿厲害的嘛。」

「是吧。」

羅連若也露出得意的微笑，然而她的笑容立刻就消失了。

「她果然喝下了有毒的紅酒。」

大口喝下有毒的紅酒的行動，只意味著一件事。

「所以說她也是來自殺的？」

一大早選在這種杳無人煙的工廠廢墟尋死是十分合理的行爲，就像我們盤算的一樣。

只是……

「我覺得事情沒有那麼簡單。」

我拿著伏特加酒瓶敲著肩膀說，「還是有很多不合理的地方。」

「不合理的地方？」

爲了回答羅連若的問題，我絞盡腦汁，想找出從剛剛就一直存在的那股不對勁的感覺究竟來自何處。我剛才對羅連若說有很多不合理的地方，有幾個事實可以證明。我試著先說出這些事實，看能否找出那股怪異感的眞面目。

「首先是那瓶紅酒和酒杯。」

「嗯。」

「看起來那支酒瓶是栓瓶蓋，所以沒有開瓶器。假設她打算服毒自殺，只有一個酒杯也很合理。把這兩件事分開來看，毫無可疑之處，但合在一起就很奇怪。比如說，怎麼沒有看見用來裝酒和酒杯的東西，像保冷箱、購物袋、塑膠袋之類的，她的化妝包這麼小也不可能裝進去。她總不可能兩手一路提著酒瓶和酒杯過來吧？」

「啊……」

羅連若半張著嘴。看到她的反應，我繼續說：

「最重要的是，她到底怎麼過來這裡的？這裡沒有其他車子。主要幹道上雖然有公車停靠，但這裡的公車可沒有凌晨或早上的班次。最近的電車站是我們會合的車站，但她總不可能從那裡走過來吧。她腳上穿的高跟鞋又不適合走長路長距離步行，換句話說——」

「妳是說有人開車載她來？」

少女往後退一步，「妳的意思是，她沒辦法自己來這裡，所以拜託能理解她想自殺的人，載她到這裡來嗎？」

我要是點頭的話，事情就到此爲止了，但我卻搖頭了。

「不可能，就算眞的有人理解她想自殺的念頭，她也沒必要特地跑來這裡，除非這座工廠廢墟是她回憶中最重要的地方。當然，硬要編的話，可以有很多種說法，但我覺得這樣的想法太過浪漫了。若以一個目前是自願自殺者的身分來看這件事，我覺得自殺的場所不需要浪漫，需要的是能眞的死亡的環境。以我們來說，燒炭自殺最怕有人干擾，所以一定要找一個安靜的場所。」

我窺看同伴的表情。

「以這個女生來說，她用來自殺的工具是有毒的紅酒。更精準地說，是可以拿來摻在紅酒的毒藥。換句話說，她要在哪裡死都可以。比如說咖啡店的桌子，或是四方通行的十字路口正中央，都不會被干擾。因爲她只要用糯米紙包著毒藥，再丟進寶特瓶裡，大口喝下就行了，又何必大老遠跑來這偏僻的地方？」

一口氣說出腦中想法後，我心中那股怪異感並沒有消失。不對，怪異感的眞面目不是這個問題。

片晌之後，羅連若開口：

「妳是說她不是自願來這裡……」

我覺得這不是問題的本質，但還是回答她：

「應該這麼說，她可能有另一個肯陪她自殺的同伴，就像我們一樣。他們在飯店的三一六號房會合，再一起前往自殺的地點。找到這個地點的人不是死者，是她的同伴。他們本來打算一起喝下摻毒的紅酒，但她的同伴臨時卻步，沒喝下毒酒。於是那人留下當場死亡的女性，獨自逃跑了。開車載她的人應該就是那個同伴。這是我認爲的情節。即使如此，還是有個地方怪怪的，就是既然她要服毒自殺，根本沒必要大老遠跑到這裡來。」

羅連若雙手揪著頭髮。

「我愈聽愈糊塗了。妳剛才說的都很有道理，可是假如妳說的是眞的，聽起來好像她根本就沒有自殺的意願。」

說到這裡，羅連若像是被自己的話嚇到，倒抽了一口氣。

「難道說她是被謀殺的……？」

羅連若目不轉睛地看著我問：

「這個地方特別適合燒炭自殺，是因爲沒有人會來。殺死這名女性的凶手說不定就是害怕她的屍體被發現，所以特地把她載來這裡棄屍？」

我揮舞雙手否定道：

「妳是說來這裡棄屍？不——可能、不可能。」

少女噘起嘴，「爲什麼？」

我擺出一副經驗老到的樣子，一字一句地對她說：

「這裡可是暴走族逗留的場所喔，把屍體丟在這裡，一到晚上一定會被發現，這種地方不適合藏屍。別忘了，現在這裡這麼安靜，是因爲那些傢伙還沒出現。」

「也是。」羅連若做出單純直率的反應後，隨即又說出另一個想法，「會不會是凶手先殺死她，再嫁禍給暴走族？」

「嗯……」我沉吟道，「可惜，這個想法不錯，但太跳脫現實了。她可是服毒自殺喔，這不是暴走族會用的手法。」

「……說的也是。」

看似一籌莫展的羅連若，肩膀忽然顫抖了一下。應該不是因爲害怕，而是天氣太冷了。我會這麼說是因爲這個看起來還在讀高中的少女，突然從我手中奪過伏特加，咕嘟喝了一口。

看到她的樣子，我腦中靈光乍現，總算發現那股怪異感的眞面目。

「原來是這樣……」

我忍不住這麼自言自語。羅連若聽到我這麼說，好奇地問，「怎麼了？」

我盯著屍體回答她：

「難怪我一直覺得不對勁。」

「哪裡不對勁？」

「她。」

我指著屍體，「我一開始看到她就覺得不太對勁，但一直想不出來哪裡不對勁，所以我從屍體的狀況舉出幾個有問題的地方，只不過還是覺得不對勁。現在我終於知道，一開始覺得怪怪的地方在哪裡。」

我慢慢地說：

「她爲什麼穿得這麼少？」

「什麼？」

我把視線轉向羅連若，再看著她身上的粗呢大衣。

「對吧？現在是寒冬，她又在凌晨或一大早就出門，身上這件毛衣也太薄了吧，連妳穿大衣都覺得很冷了。」

羅連若瞪大眼睛，「所以這到底是怎麼回事……」

「這個人並非自願來這裡，我們剛才討論過這點了。但是把她帶來這裡的人，也沒有非得選擇這個場所的理由。就是因爲這樣，我們才會找不到一個合理的說法。但是會變這樣，是因爲我們預設了前提，比如說，帶她來的人是自殺志願者，或是殺害她的人選擇這裡做爲棄屍的場所。假如我們換一個角度看，就能發現爲何她的同伴要特地大老遠地把她帶來這裡。畢竟，要走來這個地方太不方便了。反過來說，從這裡走回街上也很不方便。」

「……」

羅連若沒有插嘴，看來她也快想到和我一樣的答案了。我沒等她發現答案，繼續往下說：

「凶手選擇這裡的理由就是這個。凶手先讓她在飯店房間睡著——只要用安眠藥就可以，就像妳今天帶過來的，很簡單——然後再把她抬上車，載來這裡。凶手沒有幫她加一件大衣，所以她只穿著身上這件薄毛衣。接著，凶手把她放在空地上後就立刻離開。等到清晨，她醒來後，不曉得自己身在何處。我猜她大概在這附近繞了一下，但這裡離有人的地方太遠了，走投無路的她開始覺得冷。這時，她發現了紅酒和酒杯。爲了溫暖身體，她不得不在早上這時候喝酒——」

「而酒裡早已下毒……」

我點頭。

「她沒有想要自殺。凶手爲了讓她自己喝下毒酒，所以才把她丟在這個地方。假使那瓶酒是她睡著前在旅館喝過的同一瓶酒，她便會不疑有他地直接拿起來。恐怕酒瓶和酒杯上都只有這個女生的指紋。只要她一個人死在這麼偏僻的地方，任何都會覺得她是自殺。這就是凶手的企圖。」

羅連若又喝了一口伏特加，彷彿是要緩和一下受到的驚嚇。我接過酒瓶，也喝了一口。

「到底是誰，又爲什麼要做這種事？」

聽到她的疑問，我不屑地說：

「既然和她約在飯店碰面，想也知道是男的，就是那種關係啊。」

想不到直覺敏銳的羅連若連這麼簡單的道理都不懂，眞不像她。難道說，羅連若還是處女？我腦中一瞬間閃過這個想法，不過隨即讓它流逝而去。

「一開始，警察一定會朝自殺的方向展開調查，但很快就會發現有問題的地方，就像我們剛才發現的那樣。他們接著很快就能找出那個男人的下落。我猜那個男人被偵訊時，一定會這麼回答，『是她拜託我載她去湖邊的，她說早晨的湖邊空無一人，最適合散步，我作夢也沒想到她會自殺。』由於死者顯然是自己喝下毒酒，警方恐怕也很難繼續追查下去。不過前提當然是她是有辦法拿到毒藥的身分才行。」

我說完後，內心浮現一股奇妙的感覺。在一個自願自殺者的面前，躺著一名不自願，卻被設計成自殺死亡的屍體。我們該從這個事實找出什麼意義嗎？

「喂。」

我對一旁的同伴說：

「看到這樣，妳還想死嗎？」

眼前有一具眼球和嘴唇都被啄掉，死狀悽慘的屍體。一個少女看到這樣的屍體，還會想要自殺嗎？

沒想到羅連若毫不遲疑，十分爽快地回答：

「要。」

「真的沒關係嗎？」

「沒關係。」羅連若肯定地回答，「反正死了之後，就什麼也不知道了。」

我噗哧一笑，「說的也是。」

我們對屍體雙手合掌致意後，一起回到車上。我從內側把所有縫隙都貼上膠帶，再用燒炭器點燃木炭，放進炭爐中。輕型車內空間狹小，要不了多久就會缺氧了吧。

「我說，」我放倒駕駛座的椅背，「妳還是處女吧。」

少女臉紅了，我對她露出微笑。

「如果妳想要的話，我可以抱妳喔？雖然有點不照規矩，但我可以趁妳還活著時候，幫妳脫離處女的身分。」

羅連若目不轉睛地看著我，露出「有沒有搞錯？」的表情，接著隨即搖頭說：

「還是不要吧，不過謝謝妳。」

少女露出可愛的笑容，我也對她笑了笑，「抱歉，當我沒說。」

這個連名字也不知道的少女，用「羅連若」當網路上的名字，是不是和她還是處女有關？我腦中不禁浮現這個疑問，但不打算開口問她。待會兒就要一起死了，怎麼可以問這麼破壞氣氛的問題。

我從羅連若手中接過銀色錫箔包，從裡面取出安眠藥，和著伏特加吞下。我握著她的手，閉上眼睛。

在離睡著的短短時間內，我在心中對著那具屍體說話。

或許妳並不想死。但說不定死掉比較幸福喔。因爲活在這個世間根本一點意義都沒有，完全沒有——

腦袋開始昏沉，意識變得模糊。

我死前最後的感覺是，自己正緊握著少女的手。她的手，好溫暖。

黑色方程式

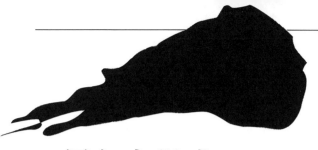

正在想花粉症的季節好不容易過去了，沒想到另一個災難卻緊接而來。

那是五月下旬的星期天。我們夫妻約好星期天一定要打掃家裡。雖然我覺得，眞是白白浪費難得的休假日，尤其是像今天天氣這麼好的日子。不過由於我們是雙薪家庭，平時回到家的時間不方便使用吸塵器，只好出此下策。其實像我們這樣，能夠一星期好好打掃一次家裡已經很了不起了，應該要感到驕傲才對。

雖然我們家只是一間三房兩廳的中古屋，但打掃起來也挺辛苦。特別是今天，下午丈夫要回公司一趟，所以我們無論如何一定要在中午前打掃完。包括我們用來當作臥室的和室、以及預計有小孩後會作爲小孩房的房間——不過目前堆滿了我的東西——還有客廳、廚房，我們迅速地打掃完這些地方，剩下的就是最麻煩的浴室和廁所。猜拳猜輸的丈夫負責打掃浴室，猜贏的我負責廁所。畢竟浴室比較大間，還要使用除霉清潔劑，麻煩多了。

不過當我進到廁所後，我立刻就後悔了，剛才如果猜輸多好，因爲裡頭有一隻蟑螂。

「東京的蟑螂又小又軟弱。」

生長在南國的丈夫時常這麼說。不過對北海道出生的我來說，東京的蟑螂既巨大又凶猛。而且正在我眼前攀爬在牆壁上的這隻，還不是常見的咖啡豆般大小的那種蟑螂，而是大到可以遮住折疊式手機螢幕的尺寸。

再怎麼說我也是個成年人，驚嚇難免，但不至於尖叫，我悄悄關上門。

本想叫丈夫過來，不過他正戴著塑膠手套和霉菌奮戰中，我決定自己去拿殺蟲劑。

去年準備過冬的時候，應該已經將殺蟲劑、電子蚊香等用品都收進壁櫥裡了。我循著記憶尋找，卻沒找著。難道是去年用完了？好像有這麼一回事，不太記得了。

取而代之的是另一個記憶。我記得丈夫兩星期前說過有蟲子跑進書房裡。這麼說來，有可能他用完之後就直接放在書房裡了。

我從壁櫥移動到丈夫的書房。他在生技相關的創投公司上班，工作相當忙碌，每天回到家都已經深夜了。假日加班幾乎成爲常態，他經常把工作帶回家裡。結果就是，身爲研究人員的丈夫，書房堆滿了公司的機密情報。因此身爲妻子的我答應過他，絕對不進去他的書房。可是現在情況緊急，要是不能確實殺死蟑螂，根本無法安心上廁所。光是想像坐上馬桶時，牠從背後襲擊的畫面就令我不寒而慄。

我悄悄打開門進去。一眼就看到殺蟲劑放在丈夫的公事包和假日用的雙肩背包中間。我對罐子上的圖案和商品名稱有印象。這個牌子的賣點就是可以遠距離噴射，這也是我們當初買它的理由。果然是被丈夫拿走了。

我拿起殺蟲劑，走出書房，回到廁所。接著悄悄打開廁所門，蟑螂還在裡面。比起剛才，牠往左邊移動了五公分左右。

我在腦中模擬接下來的攻防。首先，先把噴罐朝上噴牠，受到驚嚇後，牠應該會掉下來。這時再趕緊壓低噴罐，朝地板攻擊，不讓牠靠近自己。然後利用噴劑的氣壓把牠趕去角落，在牠身上噴滿殺蟲劑，直到牠不會動爲止。然後再用較厚的夾報廣告捏起牠，丟進馬桶裡。最後只要沖水，就是大獲全勝了。

我一聲不響地舉起噴劑，擺好姿勢，瞄準目標，接著按下噴頭。完全如我先前的模擬，蟑螂已經躺在角落，一動也不動。太好了，大成功！雖然噴射劑量遠遠超過對付一隻蟑螂所需的量，但總算達到我期望的效果了。

再來就是去拿夾報廣告。星期天大多是房地產廣告，其中又屬新成屋廣告的厚度最厚，只要用那個，就能輕鬆捏起蟑螂。正當我轉身要走出廁所，丈夫站著門外。

「咦，浴室打掃完啦？」

這麼稀鬆平常的問題，但丈夫卻沒回答，只是呆立在門口，睜大眼睛看著我。

「妳……」

他小聲地說，感覺不是用肺部的空氣振動聲帶，而是擠壓出口腔內僅存的空氣。

「用了那罐殺蟲劑？」

「是啊。」

我回答的瞬間就後悔了。丈夫知道這罐殺蟲劑原本放在他的書房，他大概在氣我擅自進去拿殺蟲劑吧。

但丈夫的表情並不是生氣。我們從認識、交往到結婚一直都住在一起，然而至今為止，我從未看過他露出這樣的表情。我知道那是什麼表情，恐懼。

我開始覺得不安，為什麼他要露出這麼可怕的表情。不，應該是我看錯了，為什麼我會有這種感覺？他一定只是在生氣而已。

對不起，因爲我要找殺蟲劑，所以擅自進去你的書房——我正打算這麼道歉的時候，忽然有東西遮蔽了我的視線。一瞬間我還沒搞清楚那咖啡色的東西是什麼，定睛一看，原來是廁所門。

丈夫把門關上？

我反射性地握住門把，想要轉開，但門卻一動也不動。一開始我還無法理解，但很快地就反應過來，丈夫在門的另一頭緊握著門把。

「喂，怎麼了？」

我的發問沒有得到答案，只換來一聲怒吼：

「不准開！」

我的右手像觸電一樣震了一下，不由得放開門把。我從來沒聽過丈夫對我大吼。

「妳乖乖聽話，先不要開。」

這次他不再大吼，比較像是懇求，不，是哄小孩的語氣。

「聽好了，妳先乖乖待在廁所就對了。」

他用比較溫柔的口氣又說了一次。這是當然的，我可是他的妻子。但我希望的是他能立刻開門，我想確認他的表情。丈夫的行爲實在太怪異，不過反而讓我覺得這時候應該更要聽他的話。

沒多久，門喀噠一聲關上了，那是門碰上門框的聲響。我往下看，有一塊黑色的東西，朝裡面塞進來。我好像看過那東西。對了，那是門擋，黑色楔形，橡膠製的門擋。

我花了一些時間才理解門擋的意義。理解的瞬間，我全身寒毛直豎。廁所的門是往外推的，一旦有人從外面卡上門擋，就意味著無法從內側開門。

——喂，怎麼回事？

我還來不急問，又聽到另一個聲音。唰！這是我想得到最接近的擬聲詞。我認得這個聲音，是撕膠帶的聲音。不知道丈夫在門的另一邊做什麼。不過不用特別努力，就能想像得到他在做什麼。他正用膠帶封死廁所門四周的縫隙。

「喂、喂——」

除此之外，我無法說出任何話，因爲我聽見丈夫隔著薄薄的廁所門板，深深嘆了一口氣。

「妳是不是進書房了？」

他的語氣透露出他心知肚明，只是要再次確認。

「是啊。」

我又說出同樣的答案。

「因爲廁所裡有蟑螂嘛。你之前不是才說書房裡有蟲子，我猜你大概把殺蟲劑留在書房，所以就直接進去拿了。」

這答案再正確不過了，但他似乎不這麼認爲，證據就是，他發出悲痛的慘叫聲。

「傻瓜。」

他那帶著絕望的聲音，在我耳內來回震盪。

「書房裡的那罐不是之前買的。之前買的那罐去年就用完了，妳忘了嗎？」

幹嘛那麼兇？不記得的事情就是不記得，偏偏又是同一個牌子的，當然會弄錯。我本想這麼辯解，但丈夫看似沒完沒了的抱怨搶先我一步。

「看到蟑螂，妳可以先跟我求救啊。」

這下換我火氣上來了。

「因爲你正在打掃浴室啊，我不好意思打擾你，所以才打算自己找。好啦，開門啦，放我出去。」

我得到的回應是沉默，我放下敲打廁所門的手。

我不知道沉默的時間過了多久，但我知道是誰先打破了沉默。

「我不能放妳出來。」

丈夫這麼說。我從來沒聽過他用這種語氣對我說話，令我有些發毛。

「妳用的那罐殺蟲劑，」

丈夫語氣沉重地說：

「裡頭的是鼠疫桿菌。」

我腦中一片空白。

更精確地說，我無法理解他在說什麼，所以只能做出最單純的反應。

「……啥？」

他剛才說什麼？「ㄕㄨˇ ㄧˋ ㄍㄢˇ ㄐㄩㄣˋ」是什麼？

「鼠疫桿菌。」

他重複一遍。

「就是鼠疫，妳聽過這個病名吧。」

經他這麼一說，我總算把腦中的「ㄕㄨˇ ㄧˋ ㄍㄢˇ ㄐㄩㄣˋ」轉換成「鼠疫桿菌」。

我覺得很好笑，爲什麼殺蟲劑會變成鼠疫桿菌？

「等一下，你這是哪招啊？」

我本來打算像平常那樣搞笑一下，但聲音卡在喉嚨，音調反而變得很怪異。

結果丈夫的回答，一點都不像平常的他。

「我好不容易才放進去的。」

他的聲音充滿懊悔。

「我不是說過不准進書房嗎？」

「……」

我無法回答，薄薄門板的另一頭傳來嘆息聲。

「聽好了，那罐噴劑只要按下去，就會噴出鼠疫桿菌，結果妳居然在那麼狹窄的廁所使用。所以整間廁所都是鼠疫桿菌，我不能開門。」

你說什麼？

我反射地屏住呼吸，可是這麼做毫無意義。即使如此，我仍繼續憋氣，直到憋不住爲止。我終於無法忍耐，吐出一口氣，再次吸氣時，不小心吸入一口口水，令我嗆得不停咳嗽。

丈夫等我咳完後繼續說：

「聽好了，鼠疫桿菌無法在空氣中存活太久，不到一個小時就會失去感染力。現在是十一點半，所以十二點半一到，我就會替妳開門。在那之前，妳要乖乖待在廁所。」

你說啥呢？

本來想要吐嘈丈夫，但又失敗了。因爲他的語氣夾雜著我未曾聽過的情緒，感覺帶著一些自棄和厭煩。

他是認眞的。他絕對不是一邊說著什麼鼠疫桿菌，一邊把妻子關在廁所裡的搞笑咖。

所以我眞的吸入鼠疫桿菌了，這麼說來——

「喂，所以說我現在已經感染鼠疫了？」

「對。」

丈夫的回答很簡單。正因爲簡單，所以一定是事實，不會有其他可能。我全身起了雞皮疙瘩。

「那你不要把我關在這裡啊，帶我去醫院。」

讀文科的我雖然不懂鼠疫是什麼疾病，但至少因爲考試背過，知道這是流行於中世紀的歐洲，曾造成全歐洲半數人口死亡的可怕疾病。別鬧了，我只不過是對蟑螂噴了殺蟲劑而已，沒必要死吧。

——死？

這個在日常生活中絕對用不到的字眼，此時突然擺在眼前，我感覺整個胃都要從喉嚨翻出來了。我強忍著噁心，爲了逃離這突如其來的恐懼，開始狂敲廁所門。

「放我出去！帶我去醫院！」

我大叫，沒有任何回應。我繼續敲門，但沒多久拳頭就痛起來，再也敲不下去。

丈夫確認我安靜下來後，開口說：

「沒用的。」

「沒用？」

「對，鼠疫又被稱作黑死病，它在很久以前曾經是絕症，不過現在只要用抗生素治療就能有很好的效果。只要在發病初期，適當給予病人數種抗生素，最後幾乎都能痊癒，不用擔心會有後遺症。」

丈夫的話正慢慢地從我的耳裡傳入腦中，我原本緊繃的肩膀逐漸放鬆。什麼嘛，嚇死我了，原來治得好啊。

正當我開始放心，卻又覺得哪裡不對勁。既然治得好，又爲什麼說沒有用？

「那你趕快帶我去醫院啊，不是說治得好嗎？」

「沒錯。」丈夫給了一個我所期盼的答案，「──一般來說。」

一般來說？

丈夫語氣平板地繼續說：

「我放進罐子裡的，是具有多重抗藥性的新型鼠疫桿菌。妳知道多重抗藥性病菌嗎？就是指連抗生素也拿它沒辦法的細菌，最近這種病菌的威脅愈來愈嚴重。現在就連鼠疫桿菌也出現了多重抗藥性的菌種。有人在二十世紀末的馬達加斯加發現它。妳剛才吸進去的是它的進化版。簡單來說，無藥可醫。」

我懷疑自己的耳朵是不是聽錯了，無藥可醫？

「即使是普通的鼠疫，若在發病後一天內沒有加以治療，致死率會快速攀升。更別說妳吸進去的是無藥可醫的菌種，所以──」

致死率快速攀升，就是說我會死？

我開始覺得暈眩，站都站不住，一屁股跌坐在馬桶上。幸好馬桶蓋是闔上的，勉強承受住我身體的重量。

死、死、死——

我的腦中只有一個字不斷盤旋。死，我會死？

我說不出口，我怕說出來，就會成眞。我像是逃避現實一樣，刻意轉移話題。

「鼠疫桿菌。」

我的聲音低沉到連自己都不敢相信。

「你怎麼拿得到這個東西？」

「不是拿的。」

丈夫回答：

「是我製造的。我製造出多重抗藥性的鼠疫桿菌，然後再裝進殺蟲劑的罐子裡。我的任務只到這裡爲止，之後只要把殺蟲劑罐子交給別人，就沒我的事了。」

「製造？」

我想到丈夫的公司，生技相關的創投企業。

「你在公司製造鼠疫桿菌？」

有這種事業嗎？這時，我那顆不願面對命運的腦袋想到另一種可能。

「難道說你擅自使用公司的設備……？」

「沒錯。」

這眞是很敷衍的肯定。

「有個組織需要武器。他們想要的不是簡陋的炸彈，而是能夠震撼這個世界的武器。我有製造這種武器的能力，但卻沒有運用它的手段。相反的，那個組織無法創造武器，但卻擁有運用武器的能力。由於我們想法一致，一拍即合，達成交易。」

「……」

「我通常會先做完公司的工作，等同事都回家之後，再專心製造突變種。要瞞過周遭的人很簡單，只要假裝自己工作進度落後，爲了達到公司的要求，必須留下來加班就好。等所有同事都離開之後，公司的實驗機器就任我使用了。開發病株所需要的各種試劑，只要混進本來業務就會使用的庫存中，就不用擔心被拆穿。我從組織那邊拿到鼠疫桿菌菌株，然後用各種方式加以改良。雖然中間失敗很多次，但最後終於成功了。」

我腦中一直想逃避現實的理性，又再次跳過問題的本質。

「所以你每天都這麼晚回來，不是在忙公司的事情？」

「對不起。」

只有這時候，丈夫才坦率地道歉。

「不這麼做的話，就無法達成目標。」

這可以當成藉口嗎？我雖然這麼想，但也想不出其他更強烈的責備。

「你說的組織是什麼？」

「我也不太清楚。」

這就是他的回答。

「我只知道他們擁有豐沛的資金，想透過戰爭以外的手段改變世界。對我來說，組織的眞面目一點也不重要。組織事先提供一筆十分豐厚的資金給我做研究，那個金額多到我說出來妳可能還不相信。在日本生活可能還有點吃緊，但若去物價便宜一點的國家，已經夠我們一輩子不愁吃穿了。」

聽到他這麼說，我心中湧起一股憤怒，他的口吻好像施恩給我似的。

「所以我還得感謝你嘍？爲了我，你鋌而走險地賺這些錢。可是如果你覺得我很重要，我卻因爲這樣死掉的話，你有那些錢又有什麼用！」

糟了，我說完這句話的瞬間就後悔了。雖然這樣說比較有氣勢，但還是不小心把自己可能會死這件事說出口。

俗話說一語成讖，我雖然知道這句話，但沒想到今天會應驗在我身上。我自己親口說出了「我會死」這句話後，這個念頭立刻從虛無化爲實體，並在一眨眼席捲了我的世界。原來是這樣啊，原來我眞的會死啊。

「喂。」

我用柔弱無助的語氣對丈夫說：

「因爲你製造的什麼莫名其妙的鼠疫桿菌，我會死吧？你一點都不在乎嗎？殺死我，你一點都不在乎嗎？」

「我怎麼可能不在乎！」

他大聲回話：

「這世界上怎麼可能有人殺死心愛的老婆還毫不在意？我開發鼠疫桿菌完全是爲了我自己，壓根兒沒想過爲了這件事，擺出一家之主的姿態向妳邀功。如果妳不知道這件事，就好了。如果妳不要闖進書房找殺蟲劑，只要原地大聲尖叫就好了，我一定會立刻趕過去，輕輕鬆鬆地把蟑螂處理掉。」

不過我不喜歡看到蟑螂就尖叫的女生——

我在心中替他補足這句對白。雖然目前事情完全沒有改善的希望，但聽他這麼說後，我就稍微安心了。

「我再確認一次。」

我稍微恢復冷靜後問：

「我會因爲你製造的鼠疫桿菌死掉，對吧？」

丈夫瞬間陷入沉默，但他並沒有表現出猶豫不決的樣子，他的回答很簡單，很有他的風格。

「對。」

在這個回答像一把刀刺穿我的心臟之前，丈夫毫不遲疑地繼續說：

「已經回天乏術了，我無能爲力。不只是我，就連東大的醫學院、國立感染病研究所，美國的疾病管制局都無法治好你身上的鼠疫。無法治癒，正是我製造它的目的。」

「……」

「具有多重抗藥性的鼠疫桿菌是惡意的產物。你要說這個惡意來自我或組織都行，但鼠疫桿菌本身並沒有任何惡意。任何人只要出現在它附近，被它纏上了，就得死。就連造成人類死亡，也不是自鼠疫桿菌的本意，是人自己要死的。因爲它一視同仁，不會因爲對方是美國人、阿拉伯人，基督教徒、回教徒，佛教徒就有所差別，全部都得死，然後會不斷蔓延。鼠疫桿菌本身沒有惡意，它不過是一道數學方程式，不斷重複正確的行動。它們根據獲得的數値，以及自身的法則運作。簡單地說，就是殺死所有受感染的人。」

「可、可是——」

我想要反駁，可是想不到有利的理論武裝自己，只能像個耍賴的孩子一般，不斷重複一樣的話。

「可是，我只是想殺死一隻蟑螂而已啊，有必要死嗎？我又沒做什麼罪該萬死的事——我又沒怎麼樣——」

＊

「我不是在替蟑螂講話。」

我對被關在廁所的妻子這麼說：

「也沒打算對妳說『因爲妳想殺死蟑螂，所以被鼠疫桿菌殺死，只是因果報應而已。』這種膚淺的說教。」

她沒有回應。廁所的門沒有窗戶，所以我無法看到裡面的狀況，只能透過她隔著薄薄的門板傳來的喘息聲，想像她目前的模樣。

「若說妳做錯了什麼，就只有破壞約定，擅自進入書房這件事而已。不過即使如此，如妳所說，根本就罪不致死。因此只能說妳現在狀況，根本是場災難，而我是這場災難的原因。只是雖然我現在非常懊惱，但錯不在我。假使妳遵守約定不進書房，就不會發生起這場悲劇。」

這根本是逃避責任，但我只能這麼說。

我一邊這麼說，一邊絞盡腦汁地思索有沒有拯救妻子的方法，有沒有辦法可以保護她遠離多重抗藥性鼠疫桿菌的傷害？

結論擺在眼前，沒有。我調查過所有問世的抗生素，才製造出這棵無敵病株。妻子發病之後將無藥可醫，全世界最清楚這件事的人就是我。

「喂。」

門的另一頭傳來妻子的聲音。

「眞的沒有辦法了嗎？」

她這句彷彿看透我內心想法的台詞，著實讓我嚇了一大跳。同時，我又對於她沒有陷入恐慌，而是能提出這麼理性的問題感到有些放心。大概是把她關在廁所之後，刻意要求自己以不帶情緒的態度說明事情的策略奏效了吧。

即使如此，我還是沒有辦法回答她期待的答案。雖然她看不見，我還是搖搖頭。

「我製造出來的鼠疫桿菌會引發肺鼠疫。症狀是頭痛、發燒、嘔吐、呼吸困難。雖然抗生素無法對付，但還有對症療法可以試試，就是用藥物讓病患暫時壓抑住這些症狀，等待體內的防禦系統驅逐病原菌。其實幾乎所有的感冒都是用這種方法治癒。」

「什麼?那不就好了——」

「但這個方法對我製造的鼠疫桿菌行不通。」

在她開始抱著無意義的希望之前，我緊接著說：

「不管給病人多少退燒藥、多少頭痛藥，鼠疫桿菌依然會在病人體內持續活動。妳想想，要是人類原本就擁有那麼厲害的防禦系統，過去就不會發生大流行了。一般的鼠疫桿菌就這麼厲害了，更別提妳感染的是超級進化版。我可以保證，它會在妳體內活動到最後一刻。」

「……」

當我在說明這個簡單明瞭的事實同時，腦中正拚命地否定這個理論。就一般的狀況而言，確實如此，但沒有不是什麼特別的方法嗎?有沒有什麼方法可以讓她不會死亡?

「總之，光是抑制症狀完全沒有意義，也沒有直接消滅鼠疫桿菌的方法。」

妻子明快精準地總結我的說明。從我認識她開始，她一直都很會抓重點。眞不愧是我的妻子，我點頭表達對她的讚揚。

「沒錯。」

「那你可以現在開始製造解藥嗎？雖然我大概可以想得出答案，天底下哪有這種好事。」

的確，天底下沒有這種好事。

「最近民間製藥公司對於開發新型抗生素的態度不是很積極，因爲投入的成本與回收的報酬不成比例。不過一旦這世界出現新型的多重抗藥性鼠疫桿菌，勢必會引發恐慌。只要有人能開發抑制這種大規模傳染病的抗生素，必定會成爲眾所矚目的焦點。而且因爲可以從中獲得龐大的利益，所有研究機構一定都會爭先恐後地進行開發。」

在妻子開口之前，我搶著說下去：

「但要製造出這種抗生素不是三兩天的事。鼠疫桿菌的潛伏期間大約兩到三天，甚至有報告說最短十二小時就會發病。肺鼠疫一發病，患者在二十四小時內就會死亡，所以前後加起來妳最多撐四天，最短只有三十六個小時，沒有人可以在這麼短的時間內製造出新的抗生素。而且，我要怎麼在三十六個小時內讓全世界知道這種新型鼠疫桿菌？不可能。」

妻子是否接收到了我最後一句話所隱含的不祥之兆？她的直覺向來敏銳，只要她還有理性和思考能力的話，很可能立刻就察覺到。

看來她的理解能力還維持在正常水準。因爲當我一說完，她立刻倒抽一口氣。

「你的意思是，你不打算讓任何人知道我受到感染？」

果然被看穿了，只好老實承認了。

「妳說的沒錯。」

「你不替我叫救護車？」

她的抗議帶著些焦躁，我再度搖搖頭。

「叫救護車有用的話，我早就叫了。即使只有一點點治癒的可能，再遠我都會帶妳去。正因爲我知道這些都無濟於事，所以才不做。別的先不說，你以爲我打一一九通報『我老婆感染鼠疫桿菌。』他們就會派救護車過來嗎？趕過來的一定是穿著全罩式防護衣的防疫部隊，我們會被關在這裡。換句話說，通報之後的結果還是一樣。」

「那爲什麼不叫穿全罩式防護衣的醫生過來？我可以靠對症療法撐一段時間，你再用這段時間開發新藥——」

「這兩件事所需要的時間完全不一樣。」

我打斷妻子。

「即使退燒藥和頭痛藥多少能緩和症狀，也只是暫時而已。想要等新的抗生素問世，大概只能靠低溫休眠吧。」

「低溫休眠？」

她的反應帶著不屑，她嗤笑一聲：

「我們現在是在科幻世界嗎？」

「現實生活中，眞的有一間美國公司提供這種服務。不過沒有人知道未來是否眞的能完好如初地醒來。總之，就算拜託那間公司，他們也一定不會讓感染新型鼠疫的病患靠近。」

沉默。

我剛才以爲妻子已經理解現況，而且尙失去理性感到放心，現在我後悔了。我寧願她發狂似地大哭大吼，我只要摀住耳朵就好。現在她如此冷靜發問，卻不斷遭到我的否定，就好像我是壞人，一直要把她逼入絕境。這絕非我的本意。

但是，透過和妻子的對話，我剛好有機會整理自己所知。現在我更加確定，沒有任何方法可以救她。

「我懂了。」

妻子以同樣冷靜的語氣，再度開口：

「反正不管怎麼做，我都不會獲救，對吧。」

在我回答「沒錯」之前，她喃喃自語：

「你說的那個組織買走你製造的鼠疫桿菌後，應該會將它用在某個地方吧。」話題改變了，不過我願意回答。

「大概吧，花了那麼多錢買，不可能不用。當然也有例外——」

「例外？」

「比如說，某個國家拿它來當作與他國談判時的有利籌碼，所以只是持有而不使用，不能排除這個可能性。只是生化武器又被稱作『窮人的核子武器』，我不認為無法自行開發生化武器的窮國肯支付如此豐厚的報酬。」

妻子沒有立刻反應，但這段時間並非完全沉默，廁所裡雖然沒有傳出聲音，但感覺裡面的氣壓似乎不斷升高。

「無藥可治的鼠疫桿菌……除了恐怖分子之外，還真想不到什麼人會使用它。不管怎樣，將來有個地方會爆發鼠疫大流行，可能是紐約，也可能就在東京。你說鼠疫桿菌是方程式，不會區分感染對象，無論被用在何處，它的存在只有一個目的，就是殺人，對吧？」

我沒有回答，默默聽她說下去。

「無辜的人將因爲你的鼠疫桿菌受苦而死，即使如此，你也無動於衷嗎？」

我有點猶豫，不知該怎麼回答。若說出眞心話，可能會被她瞧不起。即使是現在這種狀況，我仍會在意她怎麼看待我。不過猶豫對我沒有任何好處，我決定老實回答。

「我不知道。」

「不知道？」

「對。當初我會接受開發新型鼠疫桿菌的工作，一方面是出自對政府長期忽視生化恐怖攻擊的危險性感到憤怒，一方面是希望給那些和平白痴施以電擊療法；不過眞正的原因沒有那麼偉大。鼓勵我這麼做的，是一股激昂的情緒——說不定我有能力創造出毀滅世界的武器，這才是我眞正的目的。因此這東西會被怎麼使用、誰會因此受苦等等，一開始就不在我的考慮範圍內。」

「什麼跟什麼啊。」

妻子大聲地說：

「原來我嫁給了一個瘋狂科學家啊。」

我抓抓頭。

「好像是這樣沒錯，而且我眞的做出來了。」

「一個人就能毀滅世界。所以我應該對擁有你這樣的丈夫感到驕傲嘍？」

「看妳怎麼想。」

她發出高亢的笑聲。終於崩潰了嗎？我有一股不祥的預感。

但妻子並沒有崩潰，她笑了一會兒，用稍微嘶啞的聲音說：

「笑一笑覺得口好渴，可以幫我倒杯水嗎？」

她大概是想要我開門吧。這條短廊上沒有時鐘。剛才我在打掃浴室，也沒戴手表或帶著手機。我探頭看掛在客廳的時鐘。十二點十分，還有二十分鐘，還不能放她出來。

我搖搖頭。

「妳在廁所裡啊，水要多少有多少。」

「你要我喝廁所的水？」

「只要按下沖水，水箱上面不就會流出洗手水嗎，那是可以喝的自來水，沒問題。」

現在根本不是煩惱會不會吃壞肚子的時候，所以我這麼回答她。

妻子喃喃地說了句，「說的也是。」便按下馬桶的沖水鈕。她眞的喝了嗎？應該喝了吧，因爲她之後說話的聲音不再沙啞。

「你說你不在乎這個病菌被如何使用，誰會因此受苦。好吧，如果你親眼看到的感想的話，又如何？我承認我不是太賢慧，但我畢竟是你的妻子啊，我們一起辦過婚禮，交換過戒指啊。你知道我感染了鼠疫桿菌，就快要死了，心裡又做何感想？」

我知道無論怎麼回答都無法滿足她，所以我決定說實話。

「不知道。」

「什麼？」

她似乎沒料想到我會這麼說。我補充說：

「組織要怎麼使用鼠疫桿菌和我無關，因爲那又不是我用的。若有人拿菜刀砍死人，製造那把菜刀的工匠絕對不會怪罪自己，頂多心情不太舒服而已。這和現在的狀況一樣，對妳噴灑鼠疫桿菌的人不是我。不僅不是我，我還特地收在絕對不會傷害妳的地方，卻還是發生了這樣的事。」

「……」

「不過我的心情應該還是會受影響吧。我明明知道自己將會失去妳，但該有的恐懼和悲傷的情緒還沒出現。我想還需要一點時間，才會眞正感受到這些情緒吧。」

「等你眞正感受到的時候，」

妻子接過我的話。

「我大概已經死了吧。」

「大概吧。」

對話中斷了，但尚未結束，我們各自沉浸在自己的思考。這種沉默不是不願再對話，而是爲了重啓下一輪的對話而準備。

我思考著到了這個田地，到底還有沒有什麼辦法可以挽救妻子。然而去思考已經有解答的問題，根本亮無意義。我只是在逃避罷了，把思考拯救妻子的方法一事當作擋箭牌，逃避自己即將失去她的悲傷吧。

這不符合我平時的行爲模式。我剛才分析自己的心情會受到影響，是正確的。正因爲心情受到影響，所以我才會有這種無意義的思考，甚至浪費妻子僅剩不多的寶貴時間。

我又仲頭往客廳的時鐘一看，十二點二十分，還有十分鐘。

關於噴霧狀態的鼠疫桿菌感染力有多強，我曾愼重收集過相關資料。畢竟這是超Ａ級的危險物，交給組織之前，必須編撰完美的使用說明書。根據我調查的結果，在所有可能想像得到的狀況下，新型鼠疫桿菌應該會在一個小時內喪失感染力。所以過了一個小時再開門，廁所的空氣應該已經沒有危險，除了從妻子口中噴出的飛沫。

廁所傳來妻子叫我的聲音。

「你還在嗎？」

「還在啊。」

「眞意外。」

她的語氣中帶著嘲諷。

「我還以爲你早就逃跑了。」

「逃跑？爲什麼？」

妻子用和我剛才解釋鼠疫桿菌時相同的語氣說：

「因爲鼠疫桿菌是傳染病，會傳染給別人，對吧？就算從罐子噴出的鼠疫桿菌一個小時就會消失，可是你不怕被我傳染嗎？」

「——原來如此。」

我完全認同，確實如她所說，趁還沒被感染之前逃跑才是上策。

我搖搖頭。

「假使噴劑的內容物是毒氣，妳吸進去之後馬上就死亡的話，另當別論。妳現在還能活上幾天，總不可能一直把妳關在廁所裡吧。鼠疫桿菌是飛沫傳染，只要保持兩公尺以上的距離，感染的風險就會降到非常低。再加上只要身爲帶原者的妳戴上口罩的話，就幾乎不需要擔心。上次買來防備花粉症的口罩還有剩吧，用那個口罩就可以了。」

「太好了。」

妻子說：

「即使我感染鼠疫，你還是可以待在我身邊，對吧？只是要隔兩公尺遠。」

「是啊，我不會因爲妳生病就討厭妳。再怎麼說，我們可是辦過婚宴，交換過戒指的夫妻。」

說到這裡，我想起一件事情。

「對了，妳又怎麼想？因爲我對妳隱瞞這件事，結果害妳死掉，妳會因此怨恨我嗎？」

「當然恨啊。」

她的語氣很乾脆。

「可是你又不是故意陷害我的。說好不能進去書房，我卻擅自闖入。擅自使用殺蟲劑的人，也是我。我是眞的很怨恨，不過或許是怨恨自己的成分比較多。只是——」

「只是？」

「只是我死了之後，你要怎麼辦？我死掉之後，你得辦理死亡登記，而你需要醫生的診斷書。你總不可能告訴醫生我是死於新型鼠疫。我還那麼年輕，也不可能是死於普通感冒。醫生會調查我的死因，等結果出來之後，你一定會被逮捕，這樣你也無所謂嗎？」

我沒想那麼多，話說回來，妻子也太冷靜了。難道她知道自己百分之百會死之後，反而變得更加從容不迫嗎？

「可以的話，我當然不想被逮捕。」我回答。

「但是我也不想逃亡。我大概沒辦法改名換姓，然後在世界各地流浪。我還是希望妳死了之後，能一如往常地在這裡生活。」

「有可能嗎？」

「不知道。總之，我會先找組織商量這件事。他們是企圖購買細菌兵器的組織，擺平這種事應該難不倒他們吧。」

「他們也可能直接解決你。」

「當然也有這個可能。但我這次立下大功後，他們應該會了解我這個研究者還有點利用價值，所以他們應該會盡量地利用我，讓我繼續做研究。又或者是，以前是他們聘用我，現在換成我聘他們替我做事。擺平這種事可能要花不少錢，不過這也沒辦法。總之，我希望還能繼續待在這裡生活。」

「謝謝。」

她恢復平時說話的語氣，卻又帶著些許憂愁。

「不過你不會抱我，對吧？明明我現在最需要的就是你的擁抱。」

「抱歉。」

我直率地道歉了。

「我辦不到，不能擁抱妳，我也覺得很遺憾。」

這是眞心話。儘管我確定她會死亡，儘管她是死於我製造的鼠疫桿菌，我依然愛著她，這份心情從未改變；不過或許她感受不到就是了。

我又看了一下時鐘，十二點二十七分，還差三分鐘。

這時候開門應該也沒關係了。根據實驗資料，鼠疫桿菌從來沒有超過五十七分後，還維持感染力的案例。

雖然這麼想，不過這種事還是要堅守原則，一個小時就是一個小時，若不嚴格遵守，可能會發生料想不到的麻煩。

我對著門的另一邊說：

「我先離開一下，兩分鐘之內就會回來，別擔心。」

說完，我朝客廳角落的電話台走去，下面的櫃子裡放著急救箱，上面放著一盒爲了花粉症而買的口罩。最近口罩的功能提高很多，戴上這種口罩，就不用怕帶有鼠疫桿菌的飛沫擴散了。我打開紙盒，確認裡面的數量，還有十多個。口罩要帶原者戴在臉上才有用，這些分量已足夠讓妻子用到死亡爲止。

我從盒子裡拿出一個口罩，回到廁所前面，時間來到十二點二十八分。

我悄悄把口罩放在地上，地板剛打掃過，很乾淨。

「聽我說，我現在把口罩放在門旁邊。等一下我會給妳信號，妳先開一點門縫，撿起口罩，戴好之後再從廁所出來，知道了嗎？」

「知道了。」

我蹲在地上把口罩放到門旁，時間來到十二點二十九分。我輕輕撕下門縫上的膠帶，揉成一團後丟進垃圾桶，最後再移開門擋。

「喂，」

妻子叫我：

「你離開兩公尺遠了嗎？」

聽到她這麼說，我才猛地發現自己與妻子只有一門之隔，我趕緊退開。公寓的走廊寬度太小，不夠我退後兩公尺，所以我倒退走著直到一腳踩入客廳，我的視線一直對著廁所的方向。

十二點三十分了。

我深深吐出一口氣，這下總算脫離險境。

「好！」

我對妻子宣布：

「妳現在可以出來了。先開一點門縫，撿起口罩。」

「好。」

妻子轉動門把，門靜靜地開了，但只開了十公分左右就停住。細白的手指從那道門縫中伸出，把口罩勾入門內。

「戴好了嗎？」

「戴好了。」

「那妳出來吧。」

「好。」

我輕輕吐出一口氣。這麼一來，被關在裡面的妻子，總算能恢復原本正常的生活了，雖然只剩幾天而已。

門完全打開，穿著家居服的妻子出現了，和當時猜拳決定負責打掃區域時的打扮一模一樣。唯一不同的就是，多了一個樣式呆板的口罩遮住她美麗的臉孔。

眞的是這樣嗎？

有一股強烈的怪異感燒灼著我的腦袋。在我發現那股怪異感的眞面目之前，妻子已經朝我按下噴劑——那個裝著無藥可治的新型鼠疫桿菌的噴劑。

原來如此，怪異感的眞面目就是她拿在右手，遠距離專用的噴劑。當初我選擇這款殺蟲劑裝鼠疫桿菌，就是考慮到盡可能把病菌噴得遠一些。這款殺蟲劑根本沒把兩公尺遠的距離放在眼裡，成功將鼠疫桿菌噴到我身上。

哐啷一聲，妻子手上的噴劑掉落在地上。

「我不是說我現在最需要的，就是要你擁抱我嗎？」

她泫然欲泣地說：

「爲了讓你擁抱感染鼠疫桿菌的我，我也只能讓你感染鼠疫桿菌了，不是嗎？」

妻子脫下口罩，走到好不容易停止咳嗽的我身旁，接著投進我的胸膛。我緊緊抱住她，並親吻她。

我們保持這個姿勢，踉蹌移動並倒在厚地毯墊上。

眞是糟糕，連我也感染了鼠疫桿菌。鼠疫桿菌是一種方程式，一種名爲黑死病的黑色方程式。方程式本身並無惡意，它只不過是在運算獲得的數値而已，而且一視同仁，不管數値是奇數或偶數，都不會改變方程式的規則。

鼠疫桿菌也是，不會因爲對方的身分地位改變作用。它不會因爲我是它的創造者，就放我一馬。無論是無辜的妻子，或是雙手沾滿罪愆的我，它都一視同仁，殺無赦。

我內心沒有恐懼，也沒有悲傷，當然也沒有對妻子感到憤怒。雖然她知道自己即將死亡，但沒有失去理智，只是心中突然湧現一陣強烈的孤獨感。她希望我擁抱她，這就表示對她來說，孤獨比死亡還恐怖，所以她決定帶我一起上路。她會這麼做，或許是因爲旁邊剛好只有我。無論如何，我很高興她希望擁抱她的人是我，而不是別人。

「喂，」

妻子叫我。

「什麼？」

「我們只要一直待在這裡，就不會有人再被感染了吧？」

我望著天花板回答：

「是啊，家裡的食物夠我們活著的時候吃了。」

「太好了。」

她似乎帶著笑容說：

「我們把冷凍的牛排吃掉吧。」

「贊成。」

我也笑了。

「但在這之前，我們先睡一下吧，我覺得好累。」

「也好。」

先小睡一下，醒來的時候應該也還沒發病吧。一覺醒來之後，再想想怎麼度過剩餘的時間也不遲。

我抱著妻子，閉上雙眼。

停在三樓

電梯停在一樓。

按下△鈕，門立刻打開，我迅速走進去。大概是隔熱效果加上沒有日照直射，明明是盛夏，電梯裡卻涼颼颼的。

我住在七樓。我按下7，按鍵的數字燈亮起。沒多久門自動關上，電梯開始上升。門旁的螢幕顯示「2」。好吧，接下來呢？

上升速度突然驟減，螢幕顯示「3」，三樓到了。電梯停下門打開，但外面沒有人等電梯。

眞是的，又來了。我按下關門鈕，讓電梯繼續上升。

這台電梯每到三樓一定會停下來。

*

只要步行五分鐘即可抵達距離市中心只要十八分鐘車程的車站。這間屋齡三年的房子看起來和剛落成的成屋一樣新穎，房間可以任意使用。最重要的是，如此優質的物件，房租居然便宜得不像話。

之前找房子時，我一看到這個物件，就想趕快簽約租下來，還擔心房東會不會反悔。開心地蓋完章，搬完家後，我們開始挨家挨戶拜訪鄰居，發現大家都是和善的人。當我們正為了搬到好地方雀躍不已時，才發現這個優質物件有一個小瑕疵。

「我回來了。」

我打開玄關門，看到妻子秀美已經回家了。一如往常，比我早回來的秀美正在準備晚餐，等著經常加班的我回來，這是我們結婚之後一貫的生活模式。我們在同一間公司工作，妻子可以理解我任職的部門工作有多麼繁重。值得慶幸的是，家事分擔不公這件事，並沒有成為家庭糾紛。

「你回來啦。」

一到車站我就傳簡訊告訴妻子，她有充分的時間幫我加熱晚餐。屋裡充滿咖哩的香氣，酷熱的季節就是要吃又燙又辣的食物，這是藤井家的方針。換完衣服洗完手的我坐上餐桌。秀美把啤酒注入玻璃杯時，對我說：

「今天狀況怎麼樣？」

我不必確認也知道她要問什麼。我點點頭簡單回應：

「又停了。」

「一樣是三樓？」

「對。」

「我也遇到了。」

秀美滿面愁容。

「我還是覺得很不舒服。」

我曖昧地回答：

「是有一點。」

我們住的這間出租型公寓，只有一台電梯。由於建築物只有七樓，戶數也不多，一台已十分夠用。換個說法就是，除了一樓住戶，所有人都靠這一台電梯出入。

這台電梯有點很奇怪。假設從一樓搭，只要前往四樓以上的樓層，一定會先在三樓停一下。而且門打開之後，也沒看見在三樓等著要搭電梯的人。

下去的時候也是。四樓以上的住戶要到一樓時，電梯同樣會在三樓停下，然後門打開。總而言之就是我們每天使用的這台電梯，非常特別。

當我們知道這台電梯每到三樓必停之後，便直接打電話給當初的房仲，問他是不是早就知道有這回事。

「是有這麼回事。」

房仲不慌不忙地在電話中這麼說。

「爲什麼不早點告訴我們？」

我用質疑的口氣問他，對方毫不猶豫地回答：

「又沒有造成實際損害。」

「……」

他說的也沒錯，我想不出更有效果的追究台詞，於是掛上了電話。

當今世上，惡道橫行。政治搖擺不決，經濟向下沉淪。鄰近國家爲了掌握亞洲霸權，不顧一切地強化軍事實力。學生畢業找不到工作，大學和企業的競爭力不斷下滑，就連市井小民的生活也不得安寧。翻開社會新聞版面，刊登的都是高齡者的孤獨死，不然就是女童連續遭到殺害的案件。再這樣下去，就算不借助隕石的力量，人類也會自行滅亡吧。在這樣的時代，區區一台電梯異常，似乎也就不足爲奇了。

「還是有可能會造成實際損害啊。」

秀美喝了一口啤酒說：

「這台電梯是瑕疵品，要是我們被關在裡面，或是它突然掉下去怎麼辦？」

「我不是說過了，這點妳不用擔心。」

我握著湯匙回答：

「根據其他住戶提供的消息，電梯公司已經派人來檢查很多次了。而且不只是電梯維修公司，連製造廠商的技師都過來看過了。結論就是這台電梯既沒瑕疵，也沒故障。也就是說，一定是有人按了3的按鍵，不然就是有人在三樓按電梯。換句話說，至少可以確定妳的擔心是多餘的。」

「就是這樣才討厭啊。」

秀美一臉失望地說：

「既然沒有瑕疵也沒有故障，爲什麼每次到三樓都會停一下？又沒有人按啊。我還希望它是眞的壞掉，感覺可愛多了。」

總之就是感覺毛毛的，妻子以這句話作結，又喝了一口啤酒。

她會這麼想也不無道理。所謂搭電梯就是一旦進去之後，身家性命就完全交由電梯。若電梯做出了搭乘者的命令以外的行動，任誰都會覺得毛毛的。

「喂，」

秀美放下玻璃杯，看著我。

「你還是不想搬家嗎？」

「當然。」

我一邊嚼著雞肉——今天晚餐是咖哩雞——一邊回答：

「我們才剛搬進來三個月喔，若要搬家又要再付一次押金和禮金，怎麼可能說搬就搬。」

「這麼說是沒錯。」

秀美又露出不悅的表情，我看著她，繼續說：

「就現實面來說，比較麻煩的只有每次搭電梯要多等幾秒鐘而已。假使這就是房租之所以這麼便宜的原因，換個角度來看，我們簡直就是挖到寶啦。同樣的房租，我們只能住在離公司很遠的地方。」

我雖然說得頭頭是道，但似乎仍無法說服妻子。秀美替自己倒啤酒，臉上表情彷彿是說，難道不舒服的感覺就不能當作搬家的理由嗎？她那瓶啤酒似乎倒完了。我確認自己的杯子也見底了，就再去拿一瓶啤酒。

「我們還是搬家啦，好不好？」

秀美又說了一次。用帶著堅強意志的眼神看著我。

「我們每天都會搭到電梯啊。假設每天最少往返一次，一天就會碰到兩次電梯自動停在三樓，很奇怪耶。自從搬到這裡，我每次在公司、百貨公司搭電梯時，就會一直想，會不會停在三樓、會不會停在三樓。這樣還算是安穩的生活嗎？」

我嘆了口氣。抱怨生活環境不好的理由，實在太多了。停車場很難停車、隔壁是惡鄰居、附近有美軍基地，比起這些，我倒覺得陰晴不定的電梯可愛多了。

但這不過是我這個理科出身、身爲技術人員的意見，對於念文科，坐辦公桌的妻子來說，不見得如此。不，應該說，她的看法大多時候都跟我不一樣。關於電梯的事，我想也是一樣。

我把咖哩吃得一乾二淨，放下湯匙，舉起手掌對她說：

「好啦，我會調查。如果調查結果證明電梯沒有特別怪異的地方，我們就繼續住在這裡。要是查不出原因，覺得不舒服，我們就再找新房子。這樣可以嗎？」

這是我最大程度的讓步了。她畢竟是我的妻子，應該感受到了我的讓步，深深地嘆了一口氣之後，說：

「好吧。」

星期六，難得可以賴床的寶貴一天。雖說賴床，但也不是單身時期那種「一覺醒來，已經傍晚」的賴床。今天早上，大概早上八點妻子就叫醒我。不過至少比平常多睡了一個半小時，多少享受到好好睡一覺的滋味。

秀美做早餐的時候，我下去一樓拿早報，是我們周末生活的默契。這棟公寓爲了安全考量，將信箱設在一樓。除了住戶，外人在未經許可之下無法進入公寓裡。不過副作用就是，送報人只能進到玄關，所以大家每天都要下樓拿早報。

我走進電梯，按下1。像往常一樣，電梯停在三樓門打開，但是今天早上有人走進來了。

「早安。」

進來的人是我認識的住戶。是位約五十歲上下，感覺很沉穩的女性。我記得她姓道守，住在三〇一號。

「早安。」

我也問候她。我們的對話暫時中斷，不過一樓很快就到了。在星期六的這個時間搭電梯，我想道守女士也是去一樓信箱拿報紙。我們一起拿了報紙，又一起回到電梯前等候。

「電梯還是一樣，每到三樓都會停下來嗎？」

我們走進電梯時，道守女士這麼問我。妳每天都會搭，應該很清楚吧——我本想這麼說，但立刻打住。她每天從三樓搭電梯，所以和電梯的行動一致，根本不會知道電梯是不是會每到三樓必停。

「還是一樣。」

我簡單回應。道守女士笑瞇瞇地著說：

「哎呀，眞是辛苦你們了。」

我不懂她說的辛苦所指爲何，道守女士說明她的意思，

「因爲我聽說二樓的人覺得這台電梯太邪門，乾脆不搭。二樓的人還可以這樣，七樓的住戶總不能不搭吧。」

是的，您說的沒錯，看起來雖然是對我表達同情，不過對她來說，這是別人家的事。電梯每到三樓一定會停下來，對她來說完全不會沒有問題。「我先走了。」電梯按照指令停在三樓，道守女士走出電梯。

我回到家，吃完早餐後，洗碗。這時，秀美正用吸塵器打掃家裡，客人就快來了。

我把四散的廣告和雜誌收好，拿出待客用的咖啡杯時，門鈴正好響起。我打開對講機，聽到熟悉的聲音說：

「我在樓下嘍。」

我按下開門鈕，幫對方打開樓下的自動門。沒多久，又聽到一次門鈴。這次是公寓門鈴。我開門，看見對方站在外面。

「不好意思，難得休假還叫你跑一趟。」

我招呼他進門，「哪裡，反正我老婆今天値班。」他說著，脫下鞋子，換上室內拖鞋。

「小泉，歡迎、歡迎。」

秀美露出微笑，按下咖啡機的開關。客人——小泉對穿著圍裙的妻子微笑回應。

「看起來還眞是有模有樣呢。」

妻子抬頭挺胸地說：

「那當然。」

我、秀美，還有小泉是公司同期。小泉得知我們這對同公司而且還是同期的同事要結婚時，還有一番自以爲是的評論，「什麼嘛，世界還眞小。」這個結婚對象是高中女朋友的人，實在沒有資格這麼講我。

我請小泉坐在沙發上，我坐在他對面的位置。

「這棟公寓看起來挺不錯的。」

小泉說：

「剛才在大門，這裡的住戶還對我打招呼呢。眞難得，這種出租公寓很少這麼和樂融融的。」

我點頭同意。

「眞的是這樣。不只是打招呼而已，大家都對我們很親切。前陣子，我去超市買礦泉水，遇到這裡的住戶，他主動說要幫我提，還用腳踏車替我把水載回來。這裡都是這樣的人，剛住進來的時候，我還覺得賺到了。」

「但是你說有一個地方怪怪的。」

聽到他提到重點，我身體往前問他：

「怎麼樣？」

小泉靠向椅背。

「果然在三樓停住了，我明明沒有按。」

他朝四周看了一圈。

「聽你描述的時候，我還不太能理解，實際體驗一次後，眞的不太舒服。」

「你看吧？」

秀美得意地說。

「我想你太太也一定會同意。」

只見小泉搖搖頭。

「不會喔，她喜歡恐怖電影，說不定還會很興奮呢。」

「好啊，那你們搬來這裡住好了。」

看到秀美不開心的樣子，我和小泉都忍不住笑了。

「我聽說你們搬到一間不錯的房子，再加上你們最近個性變得圓融許多，還以爲你們過著幸福快樂的生活呢，沒想到居然有這個煩惱。總之，假設它沒有瑕疵或故障的話，確實會讓人覺得不太舒服，我能理解你們的心情。想查明眞相的話，我可以幫忙哦。」

小泉一本正經地這麼說，並喝光了杯中的咖啡。

我會請小泉來幫忙，是因爲他是朋友之中對怪異現象最有研究的一個。再加上他頭腦冷靜，分析能力很強，最適合邀來一起查明眞相。

我也一口氣喝完咖啡，站起身。

「拜託你了，酬勞是一頓午餐。假如結果令人滿意，再加一頓晚餐。」

「晚餐有啤酒嗎？」

「假如結果令人滿意的話。」

好，我會努力的——小泉充滿鬥志朝玄關走去，我們也跟在他後頭。

「慢走。」

走到大門時，秀美突然這麼說。我睜大雙眼問：

「妳不一起去嗎？」

秀美一臉理所當然地說，「當然啊。」

「覺得不舒服的人是妳耶，妳不想知道眞相嗎？」

我覺得這個反駁再有道理不過了，但秀美卻一臉不悅地說：

「要是調查過程中，突然出現可怕的『眞相』怎麼辦？」

小泉笑了出來，「有道理、有道理。」

好吧，我知道她的意思了。我放棄說服秀美同行，我們兩個大男人就這麼一起朝電梯走去。

在電梯門旁可以看到顯示樓層數的螢幕燈號，現在顯示7，表示電梯車廂正停在七樓。大概剛才小泉搭過後，就沒有人再使用了。

「先從最基本的測試開始吧。」

小泉說。

「最基本的？」

「對，既然機器沒有故障，那麼它就不可能擅自停止。想得簡單些，很可能只是單純的按鍵接觸不良，電梯移動時的搖晃不小心觸碰到開關，命令它停在三樓。如果只是按鍵接觸不良，工程師在維修的時候，未必會誤觸按鍵，所以沒有發現。」

很有道理，非常符合常識的推論。

「原來如此，那要怎麼確認？」

小泉似乎已經想到確認的方法了。

「先搭電梯到一樓試試，說不定途中按鍵3的燈號會自己亮起來。」

聽到這麼簡單的檢查方法，就覺得渾身提不起勁。搬進來的這一個月，我從來沒看過按鍵3的燈號自動亮起。雖說如此，我確實也沒特別注意這件事，不敢百分之百肯定沒有。目前也只能接受小泉的提議，實驗看看了。

「我知道了，我們試看看吧。」

按下▽鈕，電梯門開了。我們走進去，按下1的按鍵，門安靜無聲地自動關閉。這棟公寓還蓋不到三年，電梯的運轉非常流暢。六樓、五樓，電梯快速下降，3的按鍵燈號沒亮，其他樓層的燈號也一樣沒亮。即使如此，電梯仍在快到三樓時減速，停下，門打開，外面一個人也沒有。

「這樣啊。」

小泉呢喃，接著按下關門鈕。電梯直接來到一樓，我們先走出電梯。

「電梯到三樓之前，3的按鍵都沒有亮。」

小泉說。我點頭同意說：

「對。所以不是按鍵接觸不良的問題。」

「至少，不是車廂按鍵有問題。好吧，那接下來——」

小泉說到這裡時，我感覺背後有人，回頭一看，一名穿著快遞制服的青年抱著一個大箱子，「不好意思。」

我們往旁邊退開，讓出通道，「請。」

青年道謝後走進電梯。一樓的螢幕可以看見樓層顯示。電梯似乎停在三樓，但表示上升的燈號△並沒有熄滅。也就是說，快遞人員的送貨對象不是三樓。電梯果然又往上升，在六樓停下。

我轉身對小泉說：

「接下來該怎麼辦？」

「三樓。」

小泉毫不遲疑地回答：

「就算電梯內的按鍵沒有異常，也不代表三樓的按鍵正常。說不定三樓的按鍵短路了，一直保持在叫電梯的狀態。」

小泉說明完，按下△鈕，把電梯叫回一樓。

「我先去三樓等，你待會兒搭電梯往七樓，中途它應該又會停在三樓，我再和你會合。」

「我知道了。」

說完，我走進電梯，小泉則爬樓梯到三樓。片刻，我按下7的按鍵。

電梯開始上升，到三樓停下，門打開，我看到小泉站在外面。

「三樓的呼叫按鍵一直都沒亮。」

小泉說著，走進電梯。

「我本來以爲是三樓的按鍵壞掉，所以一直保持被按住的狀態，看起來好像也不是這樣。」

「對啊。」

我同意同事的意見。

「仔細想想，如果這個假設是正確的，電梯就會一直停在三樓，因爲三樓一直保持呼叫的狀態。然而實際上，電梯大多時候都停在一樓，或像剛才那樣停在七樓。這個假設在證明它之前，就已經確定是錯的了。」

「說的也是。」

小泉抓抓頭。電梯到達七樓，我們走出電梯。大概剛才那位快遞青年又叫電梯了，電梯立刻往下降。

「接下來該怎麼辦？」

小泉聽到我這麼問，雙手盤胸，思考了一會兒，沒多久，他自己點了點頭。

「接下來要確認在三樓叫電梯的時候，那邊的按鍵會不會亮。你先在這裡等。」

沒等我回覆，小泉已經轉身按下呼叫鈕，並走進電梯了。我抬頭看螢幕，電梯先停在三樓，過了一會兒，又下降到一樓。之後，電梯一直保持停在一樓，直到△燈號亮起，才又開始上升。這表示小泉先坐電梯到一樓，再爬樓梯到三樓呼叫電梯吧。還是說，他從三樓走出電梯，然後按1，讓空車廂到一樓？

電梯在三樓停了一下後，繼續上升，來到七樓。門打開，小泉從裡面走出來。

「我按了三樓的呼叫鈕，燈號確實亮起。三樓的按鍵運作正常，沒有壞掉。」

小泉又雙手盤胸。

「就目前來看，電梯看起來一切正常，除了到三樓會自動停一下之外。」

「什麼除了，這正是最重要的地方啊。」

聽到我的抗議，小泉揮揮手說：

「我知道。我的意思是，一件事就邏輯來看一切正常，但實際上卻發生異常現象，這代表或許我們面對的東西，不能以正常的邏輯來看待。」

「結果結論還是回到這個。」

我覺得頭痛。

「這個結論只會讓秀美更害怕而已，好不容易才讓她打消這個疑慮。」

「事實就是事實，不接受也不行。」

小泉一副很了不起似地這麼說：

「但我想連土井都覺得害怕了，其他的住戶一定更怕吧。既然你們住戶感情不錯，不如大家團結起來，要求房東換一台電梯如何？」

「事情哪有那麼簡單。」

我搖搖了頭。小泉說的土井是秀美的娘家姓氏。

「會對電梯自動停在三樓這件事感到困擾的人，只有四樓以上的住戶，與三樓的人無關，二樓的人可以走樓梯，一樓住戶就算沒有電梯也無所謂。這棟公寓，除了一樓是兩戶，其餘二到七樓都是一層四戶，總共二十六戶。對電梯有意見的是四樓到七樓的十六戶，沒有意見的有十戶。要求改善電梯之前，最少也要得到全住戶三分之二以上的人同意才行，不然就算把這個提議交付管委會討論，也無法通過換新電梯的決議。不管大家感情再好，談到錢就是另一回事了。更何況，我們這種出租公寓，根本沒有什麼管委會啊。」

即使我這麼費盡唇舌地說明，小泉似乎還是不能接受。

「眞的是這樣嗎？」

「當然是這樣啊。要說服房東換一台新電梯哪有那麼簡單。不過我當然相信大家都很在意電梯的問題，聽說二樓的人就心裡覺得毛毛的，寧願不搭電梯，直接走樓梯。」

我現學現賣地說出道守女士提供的情報，小泉突然表情大變。

「……你說什麼？」

「怎麼了？」

小泉眉頭深鎖，「二樓的人覺得毛毛的，不敢搭電梯？」

「我是這麼聽說。」

聽到我的回答，小泉表情嚴肅，稍微大聲地說：

「我可以理解二樓的人故意不搭電梯。樓梯就在旁邊，假使電梯不是停在一樓，還不如爬樓梯比較快。從二樓下來一樓也是如此，電梯很少停在二樓，所以還不如走樓梯比較快，二樓的人不使用電梯是非常合理的行爲。既然如此，爲什麼還會覺得『毛毛的』？」

小泉的分析很有道理，但我不懂他最後一句話的意思。任何人看到這台一定會停在三樓的電梯，都會覺得毛毛的吧。我這麼對小泉說，但他立刻否定我：

「二樓的人即使使用電梯，也只會在一、二樓之間往返，電梯是否會不聽使喚地停在三樓，對他們來說一點也不重要。光是聽別人描述，感受應該不會太深刻，因爲他們並沒有親身經歷過，說覺得毛毛的而不搭電梯，是不是有點反應過度了。」

說是這麼說，可是事實就是這樣——假設道守女士的情報可信的話——那有什麼辦法。這是我的想法，但小泉似乎有不同意見。

「難道說……」

他嘀咕著，按下▽鈕，又走進電梯，我也跟在他後面。小泉按1的按鍵，電梯開始下降。中途經過三樓停了一下，最後抵達一樓。

電梯門打開，小泉沒有走出電梯，他按下2的按鍵，門又再度關上，電梯開始上升。

結果——

「什麼？」

電梯直接通過二樓。

剛才按下的按鍵2的燈號保持亮著。電梯直接來到三樓，門打開。小泉按關門鈕，這時候電梯開始下降，像是什麼事都沒發生似地來到二樓，門打開，車廂內按鍵2的燈號才總算消失。

我和小泉面面相覷。剛才是怎麼回事？

「原來如此。」

小泉大大地嘆了一口氣說：

「難怪二樓的人會怕到不敢搭。」

我們午餐決定吃義大利料理。這裡附近剛好有一間店，價錢合理，餐點美味。用餐時，我們沒有談到電梯。畢竟就在公寓附近，說不定會被其他住戶聽到。秀美大概也察覺到這點，所以不追問我們剛才調查的情形。

我不帶情緒地將義大利麵送進口中，並思考剛才的現象。

從一樓搭電梯想要去二樓，結果卻直接通過二樓停在三樓，接著再往下回到原本目的地的二樓。雖然我們只試過一次，但若每次都是如此，這個異常未免也太過明顯。我想二樓住戶的不安感受，應該遠超過其他樓層的住戶。

我一直以爲電梯的問題對二樓住戶而言，根本是隔岸觀火。但實際上，他們之所以顯得漠不關心，是因爲太過害怕，所以選擇逃避現實，不再碰電梯。

我們吃完沉默的午餐後，回到住處。剛才的午餐附餐是咖啡，但秀美又爲我們沖了一次咖啡。

「調查得怎麼樣？」

秀美把咖啡杯擺在我們面前時這麼問道，我猶豫了一下。她本來就害怕那台電梯，直接就這麼告訴她好嗎？但我們之間一向無話不談，沒有秘密，看來只好一五一十地把剛才的所見所聞告訴她了。

「──原來是這麼回事啊。」

妻子並沒有害怕，反而擺出一副「你看，我說的沒錯吧。」的炫耀模樣。她對我點了點頭，彷彿在說，這下總算確定了吧。

「也就是說這台電梯確實有問題，但絕對不是機械故障之類的原因，對吧。」

「我想應該是。」

小泉回答她：

「雖然這個答案很不舒服，不過還是得承認，這台電梯有點邪門。」

「有點邪門？」

秀美重複小泉的話。

「你是說沒有故障的電梯老是停在三樓，表示三樓有『不乾淨的東西』？」

令人不寒而慄的答案。今天的調查行動就是爲了消除妻子的恐懼，沒想到我們的行動反而使她內心的不安變得更加具體。

「雖然有這個可能，」

我不逃避現實，盡可能理性地回答：

「但我們只把事實整理了一遍，沒有深入分析，不能就這樣驟下結論。」

「話是這麼說沒錯。」

小泉嘴上贊同卻又搖頭否定，肢體動作眞是協調。

「但是這台電梯無視搭乘者的命令，照自己的意思行動，而且動不動就停在三樓。怎麼想都覺得三樓有某種可以自由操控電梯的存在。」

秀美一臉敬畏地看著這麼說的小泉。

「你的意思是操作電梯的不是人。」

「恐怕是這樣。」

小泉簡短回答，隨即陷入沉默。

別開玩笑了——我的理性正反駁我——別把這些超自然現象帶進我和平的日常生活中。但我無法有邏輯地反駁小泉，卻也是事實。

「怎麼辦？」

小泉打破沉默。我們夫婦同時不解地歪了歪頭。

「什麼怎麼辦？」

「電梯問題的結論啊。」

小泉端起咖啡杯，直接喝下黑咖啡。

「電梯一直停在三樓的原因既然不是機械故障，就應該當成超自然現象看待。就目前的調查結果來說，已經足夠你們做出結論了。我是問你們到底打算繼續住下去，還是搬家？」

經小泉這麼提醒，確實如此。我曾說過，要是調查結果顯示電梯有怪異之處，就要搬出去，結果它眞的很怪異。既然如此，就不需要再深入調查，討論到此結束。小泉應該是這個意思吧。

但秀美居然搖頭。

「結論是出來了，可是都調查到這個地步了，我好想知道三樓究竟有什麼。」

我忍不住轉頭看她。

「喂，光知道這些就已經令人發毛了，妳還想看它的眞面目？」

「我沒有說想看，只是想知道而已。」

我本來想對她說「還不都一樣。」還是放棄了。總之，她是叫我和小泉去追查出對方的眞面目。

我雙手盤胸。

「好吧。先讓我想想，剛才的討論有兩個前提，一個這是超自然現象，還有電梯的運作是出自於存在三樓的某股意志，是這樣嗎？」

「大概就是這樣。」

小泉也點頭同意。

「簡單做個整理就是，我們看不見也聽不見那位三樓的神秘住戶，甚至感覺不到它的存在，可是它卻可以隨意使用電梯。」

「如果是這樣，問題就大了。」

我擺出前所未有的認眞表情，小泉歪著頭問：

「爲什麼？」

我愼重地回答他：

「那傢伙使用我們的電梯，卻沒有付管理費！」

「……原來如此。」

小泉露出無力的笑容：

「你的目的是揪出那傢伙，然後送帳單給它嗎？」

「可以的話啦。不過現在最要緊的，是先把它揪出來。我們先從你歸納的重點開始驗證，看看現實和假設之間有沒有矛盾？」

「有沒有矛盾我是不知道，不過有一個地方不太對勁。」

小泉這麼回答。

「不太對勁？」

「對啊。假使這個無形住戶只是搭乘電梯的話，那還比較容易理解，因爲電梯應該會停在它想去的樓層。可是照你們說的，電梯只會擅自停在三樓，這不是很奇怪嗎？」

「啊……」

我張開嘴巴。在小泉指出之前，我都沒發現這點，的確很矛盾。

但秀美卻很冷靜地說：

「假使它的目的地是一樓的話，就不矛盾了。我們也是如此，搭電梯只會往返自己住的樓層和一樓，基本上不會去其他樓層。那傢伙應該也是一樣吧。」

妻子這次的發言也很有道理，這回小泉卻反駁她說：

「或許妳說得對，但就算眞是如此，還有一點無法理解。」

「還有一點？」

「對。」小泉喝了一口咖啡。

「假設它眞的擁有自由操控電梯的能力，那麼即使這裡的住戶不搭電梯時，電梯也會自己移動才對，但我想應該沒有這種事。假使電梯車廂內的監視器拍到無人電梯自行移動的話，一定早就引起騷動了。但若是有人搭電梯才發生這種事，就算牽強，大家也還是會找個理由說服自己，比如說『電梯是怪怪的，不過大概是哪個粗心的傢伙不小心按到三樓的按鍵了吧。』我猜這也是電梯廠商和維修公司的說詞吧，企業報告最講究現實了，不可能寫一些有關超自然現象的東西。」

「……」

「話說回來，爲什麼它只有在其他住戶使用電梯的時候才跟著搭？它應該也跟人一樣，有需要才會搭電梯。即使它常常要到一樓辦事，也不可能在二十六戶全體住戶想要使用電梯時，它也剛好需要使用吧，這太不合邏輯了。」

「說的也是。」秀美用纖細的手指搔著自己的下顎。

「那會不會搞了半天其實不是『它』，而是『它們』？說不定它們數量龐大，不斷地要用到電梯，所以當住戶要使用時，剛好都會碰上它們——不、不行，這樣還是不能說明電梯只有在有人使用的時候才會停在三樓。」

小泉點頭。

「對，最重要的是，擅自停在三樓的這個現象只發生在有人搭乘的時候。事實上，剛才也驗證過了，若是呼叫沒人搭乘的電梯，電梯就不會在三樓暫停。」

小泉指出這點時的語氣帶著些許厭惡感，我直接幫他說：

「所以事情是這樣的。那傢伙雖然擁有讓電梯停在三樓的能力，可是光靠它自己，無法發揮這個能力。換言之，只有當有人搭電梯時，它才有辦法操作電梯——」

「這個結論好令人不舒服。」

秀美像是要壓抑顫抖似的，緊緊抱住自己的身體。

「你是說我們每次搭電梯的時候，都有無形的東西跟在身邊？」

面對秀美的追問，小泉抬頭望著天花板回答：

「不能說沒有這個可能性，只是——」

「只是？」

小泉沒有立刻回答。他一語不發望著天花板思考，我們也默默等著他開口。

小泉的身體忽然顫抖了一下。他張大眼睛，表情僵硬，看起來很不尋常。小泉應該在這一瞬間想出答案了。

「假設它只在三樓和一樓之間往返，就無法附身在你們身上。但你們從七樓搭電梯，還是會在三樓停止。我們剛才驗證過電梯暫停在三樓，並非有人從遠端偷按3的按鍵。但是假設七樓也有它們的存在，卻又會和電梯只在三樓暫停這點矛盾。」

「……你的意思是？」

秀美低聲問道，小泉緩緩搖頭說：

「既然這裡出現矛盾，就必須重新檢視我們的前提。也就是無形的東西住在三樓，而且可以任意使用電梯的前提是對的嗎？沒錯，從電梯一定會停三樓的事實，可以得出它住在三樓這個結論。但我們剛才的討論已經證明這個假設是錯的。把這點和另一個事實，也就是只有當住戶搭乘時電梯才會自動停在三樓，兩者組合起來就會浮現另一個完全相反的答案。」

我吞了口水，「……是什麼？」

小泉一口喝完涼掉的咖啡，並且誇張地嘆了一口氣。

「這時候另一個事實就成了關鍵，也就是二樓的住戶想去二樓，但電梯會先上三樓再下二樓。那傢伙不是住在三樓。土井的複數理論是正確的，它，不，應該說它們，它們住在三樓之外的所有樓層，然後透過各個樓層的住戶，前往三樓。」

小泉一閉嘴，室內陷入沉默。他等兩位同事消化完自己的話之後，繼續說：

「從電梯從不擅自停在其他樓層這點來看，它們走的應該是單行道。也就是說，某種東西不斷地往三樓集合。當然也有可能是某個東西從三樓出去，但往三樓集中的機率應該遠大於前者。問題來了，是什麼東西往三樓集合？」

小泉說話的聲音愈來愈大，臉頰泛紅。看來我這位同事已經破解眞相，即使如此，他仍壓抑自己的語氣繼續說：

「我們必須注意一個重點，那就是它們必須透過人類行動。就我所知，這棟公寓的住戶都有一個特點。你也說過，住在這棟公寓的人都很友善。這種出租公寓的住戶通常都戒心很重，但這裡的人卻會友善地互相打招呼。我們當然可以把這件事視爲一種美談，正因爲太過美好，所以我忍不住懷疑，沒有惡意、態度友善的人內心究竟是何種狀態？是他們心中的善意遠大於一般人的惡意，還是說——」

我腦中掠過一股不好的預感，趕緊反問他：

「——還是說？」

「惡意的總量減少了，我個人的看法是後者。看到你們住進這間公寓三個月以來的變化，我相信是後者。住在這棟公寓的人每坐一次電梯，惡意就被削減一次。就像你，自從搬來這裡住之後，個性變得圓融許多。簡單地說，它們運送到三樓的東西，就是人的惡意。」

「……」

我無法立刻回答他。人類的惡意被存放在三樓，我可以理解字面上的意義，但卻完全無法理解實際的意義。

小泉繼續：

「我們無從得知這種超自然現象發生了多久，蓄積了多少惡意，又造成什麼後果，但或許可以確認它正在引起的事。」

語畢，小泉立刻起身，我們也急急忙忙地跟著起身。小泉走向玄關穿鞋，打開門走到走廊上。我和秀美——這次連她也一起——緊跟在後面。

我們三人按下電梯的▽鈕，停在一樓的車廂上升，中途沒有在三樓停下，直接抵達七樓。我們走進去，小泉按下3。

「這麼一來，我們的惡意也減少了吧。」

小泉如此呢喃。

電梯來到三樓，門安靜地打開了，小泉對著虛空說話：

「我們已經知道你們的眞面目了，可以帶我們去找你們嗎？」

這時——

背後彷彿有陣風把我們往前推。借助這股看不見的力量，我們被推出電梯，直接轉左，在走廊上前進。

三樓的構造和七樓一樣，共有四戶。最裡面的三〇一室的門，一聲不響地被推開。這棟公寓的房門會自動彈回，但三〇一室的房門卻在沒有門擋的狀態下保持開啓。

「那不是道守女士家嗎？」

秀美惴惴不安地說。我默默點頭，順著那股無形的力量往三〇一室走去。

裡面突然傳來一道怪異的聲響，我和小泉面面相覷。

「剛才那是什麼聲音？」

小泉遲疑了一會兒，回答：

「哀號，不、應該說是尖叫。」

我沒聽錯，確實是人類發出的聲音，只是那聲尖叫太超乎常理，無法立刻辨識出是人的聲音。

小泉往前衝，我們從後面跟上去。我們站在三〇一室敞開的門前，窺看裡面的狀況。

屋內有一個人倒在地上，剛才那聲尖叫是那人發出的嗎？從那人躺在地上不自然的姿勢，就知道那人不是在睡覺。

打擾了，我們簡短地打聲招呼後，立刻踏進屋內，朝躺在地上的人影衝了過去。

「——！」

秀美看到那人的臉，倒抽了一口涼氣。看到這副景象居然還沒尖叫，實在令人佩服。

躺在地上的道守女士的模樣悽慘無比。

她臉色泛紫，張大的雙眼只剩眼白，張開的嘴巴吐出長長的舌頭，長到讓人難以相信這是人類的舌頭。根本不需確認她的生死，她顯然已經死了。活著的人不可能做出這種表情。

「喂……」

小泉叫我們。我和妻子看到死相悽慘的屍體，早已全身僵硬。同事拍了拍我的肩膀，「幹嘛？」我心不在焉地回答，這才抬起頭。

「你看那個。」

小泉指著牆壁，我順著他指的方向看去，再度全身緊繃。

室內有一面牆貼滿了照片，目測不下百張。那些全都是女童的照片，但不是一般的女童。

每名女童都渾身是血。

等我們回到家裡，打開啤酒時，已經是晚上十點多了。

我們絲毫沒有乾杯的心情，只是默默地喝著啤酒。一口氣喝完一整杯的秀美，嘆了好大一口氣。

「真沒想到，原來女童連續殺害案件的凶手就是道守女士……」

我們發現道守女士的屍體後，立刻報警。警察雖然偵訊了我們，但最終相信人不是我們殺的。我們還近距離看到進行現場採證的警察的慌張模樣。

「鑑識人員好激動，說貼在牆壁上的，都是被害者的照片。連行凶的刀子也被找到了。」

我轉頭對著公司的同事說：

「這到底是怎麼一回事？真的就像你說的，是惡意的累積造成的嗎？就像累積里程數一樣，累積到一定程度以上的惡意殺死了道守女士嗎？」

小泉盯著啤酒罐點了點頭。

「我們這次碰上的是超自然現象。只要不違背事實，要怎麼想像都不成問題。」

他這麼說：

「現在這個世界一天到晚發生壞事。不禁讓人擔心照這樣下去，會不會在不久的將來，世界會被人類毀滅。說不定，那些『無形的存在』也和我們一樣擔心這件事。或許它們思考著想究竟該怎麼做，才能讓世界免於毀滅？很簡單，只要在它們可以做到的範圍內，除去毀滅世界的因素就好了。當它們知道女童連續殺害案件的凶手就在自己負責的區域內，當然不能坐視不管。」

小泉壓低音量繼續說：

「可是這些無形的存在必須透過人類才能有所作爲，所以最後決定利用人類達到它們的目的。至於爲什麼要選擇電梯作爲道具，這就不得而知了。總之它們透過電梯，一點一滴地削減住戶內心的惡意，並送往三樓。正當它們收集到足以懲罰殺人凶手的惡意時，我們剛好發現它們的存在。又或者，被人發現就是啓動懲罰的開關。因爲既然這是一套收集自人類惡意，用來打擊壞人的系統，當然也要靠人類本身啓動自淨作用，所以我覺得藉由自覺啓動系統運作的假設，十分合情合理。」

小泉喝光啤酒。

「假設我的胡思亂想是正確的，現在電梯應該已經有所變化，要不要去確認看看？」

沒有人反對。我們再度走出屋子，朝電梯走去。接著將電梯叫上七樓，走進去，按下1的按鍵，電梯開始下降。

結果——

電梯沒有停在三樓，而且絲毫沒有減速，一口氣抵達一樓，門打開。

小泉看向我們笑著說：

「看吧。」

同一棟公寓裡面住著殺人犯，而且犯人就死在公寓內，沒想到秀美卻不再喊著要搬家。

「因爲我們只是舉手之勞，幫忙懲奸除惡而已啊。電梯也恢復正常了，沒有理由搬出去。」

這是秀美的說法。她還說反正是租房子，不用擔心資產價格會下跌。這兩種說法我都同意。

我們就這樣繼續住在這間方便又便宜的公寓，恢復安穩的日常生活。壞人已經消失了。我們打算存到一筆頭期款再買房子，在這之前，應該會一直住在這間舒適的房子吧。

只是天下沒有十全十美的事情。自從電梯的問題解決之後，住戶之間的連帶感也一點一滴消失了。大概少了電梯幫忙消除，惡意又開始在人心堆積了吧。這棟公寓再也沒有看到會熱情打招呼，或是幫忙提重物的人了。不過這也只是成爲一般的出租公寓而已，沒有什麼好抱怨。我已經非常滿足了。

只是安穩的日子並不長久。

＊

「晚安。」

和平常一樣，我從公司回到公寓的時候，一位擦身而過的住戶對我微笑招呼。

我想著還眞難得，走進電梯，按下7的按鍵，電梯開始上升。上升途中，速度慢了下來。

電梯停在四樓，門打開，但外面一個人也沒有。

我嘆了一口氣，按下關門鈕，電梯又開始上升。

唉，四樓的某個住戶到底幹了什麼壞事？

解說

從Mystery到Horror，令人驚艷的萬花筒短篇集

（本文包含謎底，未讀正文勿看）

張筱森

石持淺海對於目前的台灣日本推理小說讀者來說，或許是個有點熟悉又有點陌生的名字。畢竟他上次出現在台灣讀者的視野之中，已經是二〇〇六年的事情了。當時在台出版的四部作品都是石持在二〇〇二年到二〇〇五年之間發表的長篇作品（包含他在二〇〇二年發表的出道作《愛爾蘭薔薇》，以及他的「倒敘三部曲」之一的《緊閉的門扉》）。這些作品均是在「特殊的封閉空間」下發生案件，然後由登場人物進行嚴密的推理和議論找出案件眞相，是石持作品的重要特色。石持曾經在訪談中提過，由於自己是兼職作家（石持出道至今，始終維持上班族和兼職作家雙軌並行的生活。）沒有太多時間閱讀，會擔心詭計和其他同業重複，因此採用了以下的創作方式：

- 將故事設定在同業較少使用的場景。
- 在那個場景裡才會發生的事件，而且不使用詭計。

・讓登場人物透過討論找出眞相。

總結這三點，可以說石持作品是以心理戰爲主的本格推理小說。不過回想起當年的閱讀經驗，我只記得對於在極限狀態下，綿延不斷的心理戰對決，有種不耐的感覺。後來便不自覺地對石持的作品，保持了一些距離。石持雖然在二〇〇六年之後，未曾在台灣出版譯作，不過在這十年之間他在日本仍舊非常活躍，發表了二十部以上的長短篇作品，其中不少作品也獲得了相當好的評價。這次由獨步文化出版的《停在三樓》同樣也是獲得許多好評的作品之一。而在睽違十年再度閱讀石持的作品時，也發現石持的短篇作品其實和我印象中的他有很大的不同。

這部原作在二〇一三年出版的《停在三樓》，雖然成書時間不算久，不過收錄的作品時間跨度很大。包含從二〇〇三年到二〇一一年間，石持在不同雜誌和短篇集上發表的七篇作品。（第一篇〈空中鳥籠〉是成書之際，特地加寫的作品。）這些因應邀稿媒體不同需求寫出的作品，除了有我印象中的石持淺海作品向來具備的特殊封閉空間發生事件，強烈邏輯性之外，更令人驚艷的是這八篇作品呈現出來的多元樣貌。以下就分別談談我對這八篇作品的想法。

〈空中鳥籠〉：一對相識已久的異性朋友，在浪漫的摩天輪中討論兩人多年前遭到殺害的朋友的死亡事件。在這個十五分鐘的密室之內，男主角透過縝密的調查重新爬梳案件過程，漂亮推翻早已定案的案件結論，挖掘出案件背後的眞相。雖然《停在三樓》不是連作短篇集，不過將〈空中鳥籠〉安排在第一篇，或許有其意義。除了邏輯性和意外性之外，角色之間的對話，和面對眞相時，冷靜、低溫到有時候近乎冷酷的態度，點明了後面幾篇作品雖然樣貌各有不同，但貫穿作品的調性是一致的。

〈轉學〉：收錄在以「教室」爲主題的創作合集裡，一所學生都是來自四面八方的菁英的高中裡，有著實際意義不明的「轉學」制度。主角無意間窺見了隱藏在「轉學」這個制度背後黑暗的眞相，最後的收尾則令人背脊一涼。是一篇帶著科幻驚悚味道的作品。

〈牆上的洞〉：和〈轉學〉一樣都是以高中少年少女爲主角的作品，這篇同樣也是透過嚴謹的推理，和直指人心盲點地推敲出事件（可能的）眞相。若是最後沒有警察登場證實眞相，這篇便是典型的日常之謎了。而以角色群的年紀來看，字裡行間沒有明寫出來的青春期複雜的心思，更是令人印象深刻，也頗爲符合現在流行的以高中生爲主角的日常派推理小說。

〈院長室 EDS 緊急推理解決院〉：篇幅最長的這篇，正如石持的前言所述，是二階堂黎人企劃的創作合集《EDS緊急推理解決院》中的一篇。（其餘作家分別是加賀美雅之、田研二、小森健太朗、高田崇史、柄刀一、鳥飼否宇、二階堂黎人、松尾由美）。女主角光聽緊急推理院院長重述案情，便能看穿真相其實完全不是檯面上的樣子，可說這篇作品是「安樂椅偵探」的一種，最後留下的小小疑念也教人不安。文中出現的烏賊川市的鵜飼偵探是和石持同期出道的東川篤哉筆下的代表偵探。而負責民俗學科的蓮丈那智是北森鴻（一九六一～二〇一〇）創造出來的女性偵探，每當遭遇事件時，便會以民俗學的造詣解決事件。

〈請自由使用〉：篇幅最短的一篇。透過兩名警察僅僅四頁的對話，漂亮翻轉事件真相。是個以思考盲點設下心理詭計的絕佳示範。

〈自殺少女〉：這篇作品是我最喜歡的一篇，有點可愛又有點詭異。兩名年輕的自殺志願者，在相約自殺的地點碰到了平空出現的屍體。明明可以放著不管，卻還是忍不住推測起屍體出現在這裡的原因。兩個女孩面對死亡毫不在意的冷靜態度，以及妙趣橫生的互動，說眞的還有點萌萌的呢。抱著如此有邏輯的態度看待世間萬物的少女，就這麼死去，實在有些可惜。

〈黑色方程式〉：一對夫妻的密室劇。丈夫追求發揮自身才能的渴望，造成了妻子近在眼前的死亡；而不肯就這麼死去的妻子，卻採取了令人意外的行動。一個帶著強烈的黑色幽默，描寫了特別的夫妻之情的故事。

〈停在三樓〉：這篇標題作應該會是很多讀者印象最深刻的一篇。主角夫妻搬到一棟房租便宜、交通便利、鄰居親切的嶄新公寓。正當他們覺得自己超級幸運時，卻發現公寓電梯總是自動停在三樓。和朋友調查之下，得出了有超越人智的力量在控制這座電梯的結論。這篇作品當然也能清楚地看見前面所提到的石持作品的三個特徵，也令人聯想到福爾摩斯的那句名言：「當你排除了一切不可能的因素之後，剩下來的東西，儘管多麼不可能，也必定是眞實的。」我同時也想到法月綸太郎在名爲《犯罪占星Ⅰ》的短篇集中，曾經提到他之所以選用十二星座爲主題，是要先替自己設定一個困難的情境，看看推理小說能夠搭配這個主題到何種程度。我在閱讀〈停在三樓〉時，也有同樣的感受，石持給自己出了一個難題，而他也的確交出了非常精采的答案。

而這個精采的答案，讓恐怖小說和推理小說有了完美的結合，最後一句更是充滿餘韻。不禁讓人想像，那座電梯會不會到最後每一層樓都要停留一次呢？

透過這八篇作品，可以充分享受石持淺海的多方面才華。不論是喜愛本格推理的讀者，或是喜歡有意外結局，以及獨特風味的懸疑小說的讀者，相信這部石持睽違十年再與台灣讀者見面的作品都不會令人失望的。

本文作者介紹

張筱森，喜愛各種有著奇妙之味、意外結局的小說，希望這種小說愈多愈好。

國家圖書館出版品預行編目資料

停在三樓 / 石持淺海著 ； 鄭舜瓏譯. -- 初版.--.
臺北市：獨步文化, 城邦文化出版：家庭傳媒
城邦分公司發行， 民105.03
面 ； 公分. --（日本推理名家傑作選：
52）

譯自：三階に止まる

ISBN 978-986-5651-54-1（平裝）

861.57 105002042

ISBN 978-986-5651-54-1
Printed in Taiwan

城邦讀書花園
www.cite.com.tw

日本推理名家傑作選 52

停在三樓

原著書名／三階に止まる
原出版社／河出書房新社
作者／石持淺海
翻譯／鄭舜瓏
責任編輯／張麗嫺
編輯總監／劉麗真
總經理／陳逸瑛
榮譽社長／詹宏志
發行人／凃玉雲
出版／獨步文化
城邦文化事業股份有限公司
台北市中山區 104 民生東路二段 141 號 5 樓
電話：(02) 2500-7696
傳真：(02) 2500-1967
發行／英屬蓋曼群島商家庭傳媒股份有限公司
城邦分公司
台北市中山區 104 民生東路二段 141 號 2 樓
讀者服務專線／(02)2500-7718; 2500-7719
24 小時傳真服務／(02)2500-1990; 2500-1991
服務時間／週一至週五：09:30～12:00
13:30～17:00
讀者服務信箱／service@readingclub.com.tw
劃撥帳號／19863813 戶名／書虫股份有限公司
香港發行所／城邦（香港）出版集團有限公司
香港灣仔駱克道 193 號東超商業中心 1 樓
電話／(852) 2508-6231 傳真／(852) 2578-9337
E-mail／hkcite@biznetvigator.com
馬新發行所／城邦（馬新）出版集團
Cite (M) Sdn Bhd
41, Jalan Radin Anum, Bandar Baru Sri Petaling,
57000 Kuala Lumpur, Malaysia
E-mail／cite@cite.com.my
電話：(603) 90578822 傳真：(603) 90576622

封面設計／張裕民
印刷／前進彩藝有限公司
排版／陳瑜安
□2016 年（民 105）3 月初版
定價／320 元

獨步文化
APEX PRESS

廣告回函
北區郵政管理登記證
台北廣字第000791號
郵資已付，免貼郵票

104台北市民生東路二段 141 號 5 樓

英屬蓋曼群島商家庭傳媒股份有限公司

城邦分公司

獨步文化　　收

請沿此虛線剪下，將活動卡對摺、黏貼後寄回即可

黏貼處

獨步十週年慶活動 Bubu 集點卡

獨步文化 APEX PRESS

東京來回機票 × 2017 年全套新書 × 限量款紀念背包

預約未知的閱讀體驗·挑戰真實的異國冒險

想見識日系推理場景卻永遠都差一張機票？
想閱讀的時候書櫃剛好就缺一本推理小說？
想珍藏「十週年紀念限量款」Bubu 後背包？

首獎
日本東京
來回機票

三個願望，今年 Bubu 一次幫你實現！
集滿三枚點數就可參加抽獎，每季抽出，集越多中獎機率越大！

首獎：日本東京來回機票乙張 2 名（長榮航空經濟艙來回機票，價值約 NT 40,000 元）

二獎：獨步 2017 年新書全套　每季 5 名（總價約 NT 14,000 元）

三獎：Bubu 十週年紀念限量帆布包　每季 5 名（價值約 NT 3,000 元）

二獎
獨步 2017 年
新書全套

三獎
Bubu 十週年紀念
限量帆布包

【活動辦法】

- 即日起至 2016 年 12 月 31 日止，獨步每月新書後面皆附有本張「獨步十週年慶活動 Bubu 集點卡」乙張及 Bubu 貓點數 1 枚，月重點書則有 2 枚（請見集點卡右下角）！
- 將 Bubu 貓點數剪下貼於本張活動集點卡，集滿「三枚」並填寫個人資料後寄出，即可參加獨步十週年慶抽獎活動！（集點卡採【累計制】，每一張尚未被抽中的集點卡都可以再參加下一季的抽獎，寄越多，中獎機率越高喔！）
- 二獎和三獎於 2016 年 4 月、7 月、10 月及 2017 年 1 月的 15 日公開抽獎。
- 首獎於 2017 年 1 月 15 日抽出。（活動於 2016 年 12 月 31 日截止，郵戳為憑）

◆ 詳細活動規則請見獨步文化部落格：http://apexpress.blog66.fc2.com/
◆「每月重點主打書籍」與「活動得獎名單」將於獨步文化部落格、獨步臉書粉絲團公布。
◆ 2017 年新書將於每月 15 日寄出給中獎者。

【Bubu 點數黏貼處】

請沿此虛線剪下，將活動卡對摺、黏貼後寄回即可

【聯絡資訊】（煩請以正楷填寫以下資料，以免因字跡辨識困難導致贈品寄送過程延誤）

姓名：＿＿＿＿＿＿＿＿　年齡：＿＿＿＿　性別：☐ 男 ☐ 女

電話：＿＿＿＿＿＿＿＿　E-mail：＿＿＿＿＿＿＿＿＿＿

獎品寄送地址：＿＿＿＿＿＿＿＿＿＿＿＿＿＿＿＿＿＿＿＿

【個人資料蒐集告知事項】為提供訂購、行銷、客戶管理或其他合於營業登記項目或章程所定業務需要之目的，家庭傳媒集團（即英屬蓋曼群島商家庭傳媒股份有限公司城邦分公司、城邦文化事業股份有限公司、書虫股份有限公司、墨刻出版股份有限公司、城邦原創股份有限公司），於本集團之營運期間及地區內，將以 mail、傳真、電話、簡訊、郵寄或其他公告方式利用您提供之資料（資料類別：C001、C002、C003、C011 等）。利用對象除本集團外，亦可能包括相關服務的協力機構。如您有依個資法第三條或其他需服務之處，得洽詢本公司服務信箱 cite_apexpress@cite.com.tw 請求協助。

☐ **我已詳讀權利義務之相關條款，並同意遵守。**

黏貼處

【注意事項】1. 本活動限臺澎金馬地區讀者參與。　2. 參加者請務必留下有效郵寄地址，若贈品無法投遞，又無法聯絡到本人，恕視同棄權。　3. 本活動卡及 Bubu 點數影印無效。　4. 欲看贈品實物圖請上獨步部落格：http://apexpress.blog66.fc2.com/　5. 抽獎贈品將以郵局掛號方式寄出，得獎訊息將會於獨步文化部落格、獨步臉書粉絲團公告。

歡迎加入獨步臉書粉絲團

獲得最快最新的出版資訊！Bubu 在臉書等你呦～

獨步粉絲團：https://www.facebook.com/APEXPRESS

◀歡迎剪下我